密告

特命検事

南　英男
Minami Hideo

目次

第一章　密告の背景

1

貧乏揺すりが神経に障《さわ》った。

朽木拓也《くちきたくや》は、正面に坐った被疑者を睨《にら》みつけた。被疑者は今井謙次《いまいけんじ》という名で、四十七歳だった。

千代田区霞《かすみ》が関《せき》一丁目にある検察法務合同庁舎の調べ室だ。

五月上旬のある朝だった。ゴールデンウィークの翌週である。

朽木は、東京地検刑事部のルーキー検事だ。まだ二十九歳である。

二十三歳で司法試験に合格し、二年間の司法修習を経《へ》て、検察官になった。名古屋地検、福岡地検と回り、ちょうど一年前に東京地検に転属になったのだ。

「検事さん、何か言いたいようだね？」

今井が口を開いた。挑《いど》むような口調だった。

「貧乏揺すりはやめなさい」

「こいつは子供のころからの癖《くせ》でね、なかなか直らないんだ。ま、大目に見てよ」

「ふてぶてしいな。で、どうなんです？」

「え？」

「今回の詐欺《さぎ》容疑の件ですよ。あんたは、神田署で犯行を認めてるね？」

「所轄署の供述書は、でたらめなんだ。担当の刑事にちょいと花を持たせてやっただけだよ。わたしは何も悪いことなんかしてない」

「なのに、なぜ、知人に事業の共同経営を持ちかけて一千万円を騙《だま》し取ったと供述したんだ？」

「さっきも言ったように、顔見知りの刑事に点数を稼がせてやったんですよ。嘘《うそ》の自供だったんだけどさ、担当の刑事は煙草《たばこ》を恵んでくれた」

「あんた、所轄《しょかつ》の取調官を騙したのかっ」

「ま、そういうことになるのかな。でも、よくあることでしょうが。あんまり目くじらを立てなさんな」

「ふざけるな！」

思わず朽木は声を張ってしまった。すると、右横に控《ひか》えた検察事務官の滝沢利一《たきざわとしかず》が目顔《めがお》で窘《たしな》めた。

滝沢は朽木よりも二つ年下だが、どことなく分別臭《ふんべつくさ》い。小太りで、老《ふ》け顔だ。

被疑者の斜め後ろにいる神田署の中年の看守が小さく溜息《ためいき》をついた。内心は、今井を怒鳴《どな》りつけたい気持ちなのだろう。

東京地検送りになった被疑者たちは、ふだんは各所轄署か小菅《こすげ》の東京拘置所《こうちしょ》に収《しゅう》監《かん》されている。検事取り調べのとき、彼らはこの合同庁舎に護送されてくるわけだ。

護送車は専用駐車場に横づけされ、被疑者たちは地下一階の仮設留置場で呼び出しの順番を待つ。彼らは手錠を打たれたままの姿で、警護員である所轄署の制服警官に調べ室に案内される。

調べ室は、わずか二十二平方メートルしかない。

入口には、担当検察官と立会検察事務官の名札が掛かっている。廊下は外廊下と内廊下の二重になっていて、まず逃亡はできない。

調べ室の手前右側にロッカーが置かれ、正面に衝立《ついたて》がある。

衝立の向こう側に検事席があり、その背後は窓だ。検事席の左横には、検察事務官用の机が据《す》えてある。

「あんたは、犯行を全面的に否認する気なんだな?」

「ええ、そうですよ。だって、わたしは何も危《ヤバ》いことなんかしてないんですから。恐喝《きょうかつ》と詐欺の前科があるからって、色眼鏡《いろめがね》で見ないでほしいな。昔はともかく、いまは真っ当に生きてる市民を罪人扱いするのはよくないですよ」

「そうやって時間稼ぎをして、いったい何になるんだっ。やってしまったことは仕方ない。早く罪を認めて、償《つぐな》う気持ちになりなさいよ！」

「若いね、検事さんは」

今井が口の端を歪《ゆが》めた。

「どういう意味なんだ？」

「検事さんは、何歳のときに司法試験にパスしたの？」

「二十三のときだが……」

「そいつはたいしたもんだ。頭は悪くないんだろうな。しかし、まだまだ青いね。ヒヨコもヒヨコだ。人間ってものがまるっきりわかってない」

「言ってくれるな」

「正義感を振り翳《かざ》しても、被疑者はまず落ちるもんじゃない。人間修業が足りないね。どんな悪人でも、心に脆《もろ》い部分がある。それから、善良な面も持ってるんだ。そういうとこを巧《たく》みに衝《つ》かなきゃ、誰も全面自供なんかするもんか」

「犯罪者にも敬意を払えって言いたいわけか？」

「ま、そうだね。十年前にわたしを取り調べた鬼検事は、こっちが黙秘権《もくひけん》を使っても、声ひとつ荒らげなかったよ」

「ふうん」

「それで、彼は窓の外の牡丹雪《ぼたんゆき》をじっと見てたんだ。そして、『めっきり寒くなってきたが、田舎で独《ひと》り暮らしをしてるおふくろさんは達者なのか？』ってぽつりと訊《き》いたんだよ。その言葉を耳にしたとたん、わたしは素直な気持ちになったね」

「犯罪者も身内を気遣《づか》う優しさは忘れてないってことか」

「そうだよ。罪人だって、血の通った人間なんだ。取り調べには、そうした人間臭さが必要なのさ。わかったかい？」

「いい勉強になったよ。で、そろそろ自供する気になったかな？」

「煙草をくれたら、一部は吐《は》いてやるよ」

「いい気になるな。そっちがそういう態度なら、手加減しないぞ」

「怒ったようだね。さ、どうする？　机を叩《たた》いて、わたしを威嚇《いかく》するかい？　それとも、わたしの頭を小突き回す？」

「そんな子供騙《だま》しの挑発に乗《の》るもんかっ」

「若い検事さんをあんまり困らせるのも、なんか気の毒だな。ここらで、ルーキーに手柄を立てさせてやるか」

「やっと事実を喋《しゃべ》る気になってくれたか」

　朽木は表情を和《やわ》らげ、検察事務官の滝沢に目配せした。滝沢が黙ってうなずき、ボールペンを握り直した。

「わたし、知人から一千万円を騙し取りました」

今井が申し訳なさそうに自供した。

「やっぱり、そうだったか」

「甘いな、検事さんは。嘘《うそ》ですよ。そんなことはしてません」

「い、今井！　おまえは、おれをからかってるのかっ」

「ええ、そうです。退屈しのぎに、ちょっとね」

「き、きさま！」

朽木は椅子から憤然《ふんぜん》と立ち上がった。自分の机を回り込み、今井の胸倉を摑《つか》んだ。

「さあ、どうします？　わたしを摑み上げて、足払いをかけますか？　それとも、パンチでも顔面に浴びせる気になりました？　どちらでも、お好きなほうをどうぞ！」

「なんて奴なんだっ」

「ほんとに若いね、おたくは。すぐにいきり立つようじゃ、どんな被疑者も落とせないよ」

「犯罪を繰《く》り返して、身内に済まないと思わないのか。え？」

「おふくろは八年前に亡《な》くなったし、兄弟とは絶縁状態だからね。十五年以上も前に離婚した女房は音信もないんだよ」

「それでも、今度の事件で公訴《こうそ》されたら、縁者《えんじゃ》の誰かがきっと悲しむにちがいない」

「そう思うんだったら、証拠不十分で早く釈放《しゃくほう》してくださいよ。そしたら、あんたのことを人情検事と呼んでやろう」

今井がせせら笑った。

この男は、骨の髄《ずい》まで腐《くさ》り切っているのだろう。腹が立つ。

朽木は自分の席に戻った。

椅子に腰かけたとき、警護の制服警官が左手首の時計に視線を落とした。釣られて朽木は時刻を確かめた。午前十一時半を回っていた。被疑者を呼んだのは、二時間ほど前だった。ロスタイムが忌々《いまいま》しい。

「検事、どうされます？」

滝沢検察事務官が問いかけてきた。

「きょうは、これぐらいにしておこう」

「わかりました。それでは、被疑者を所轄署に戻してもかまいませんね？」

「ああ」

朽木は短く応じた。神田署の看守がパイプ椅子から勢いよく立ち上がり、腰紐《こしひも》を短く持ち直した。今井がにやつきながら、おもむろに腰を浮かせた。

「検事さん、次はわたしを落としてくださいよ。落としのテクニックを伝授《でんじゅ》してあげたんだからさ。楽しみにしてるよ」

「へらず口をたたいてないで、とっとと失《う》せろ！」

朽木は野良犬《のらいぬ》を追い払うような気持ちで、右手を大きく動かした。今井が勝ち誇ったような顔つきで、警護員とともに調べ室から出ていく。

「強《したた》かな奴でしたね」

滝沢の声には、同情が込められていた。

「一発で起訴できる供述を得られると踏んでたんだが、読みが甘かったな」

「経済事犯の被疑者は、悪知恵が発達してますからね。チンピラやくざを落とすようなわけにはいかないでしょ？」

「そうなんだがね。これで、また職務の流れが滞《とどこお》ってしまった。頭が痛いよ」

「公判請求事件が多すぎるんですよね。年間二十万件を抱えてるというのに、検察官は全国で約一万一千人しかいません。副検事がおよそ四割の事件処理に当たってますけど、まだまだ検事の数が足りない」

「そうだね。最低でも一万二千人の検察官が必要なんだが、十年以上も前から定員割れの状態がつづいてる」

「ええ、そうですね。検事ひとりが年間十数件もの事件を処理しなければならないなんて、ちょっと異常ですよ」

「まったくだね。今年も東京高検管轄内の司法修習生は五百人近くいるのに、任検志《にんけん》望者はたったの十数人だって話だ。裁判官志望者も横這《ば》い状態だから、将来は判事も人手不足になりそうだね」

「ええ。弁護士になりたがってる司法修習生は年々増えてるというのになあ」

「弁護士には、華《はな》やかなイメージがあるからね。それに較《くら》べて、検事や判事はなんとなく地味な印象を与える。だから、弁護士志望者ばかりが増加してるんだろう」

「朽木検事も、もともとは弁護士志望だったとか？」

「実は、そうなんだ。しかし、おれは口下手《くちべた》で営業センスがないからね。一生、居候弁護士《イソベン》で終わりそうだと判断して、途中で志望を検事に変えたんだよ。流行には背を向けたいという天《あま》の邪鬼《じゃく》でもあるしね」

「そういう反骨精神はカッコいいですよ。世の中の流れに乗るほうが生きやすいでしょうけど、若いうちからそんなふうじゃね」

「滝沢君だって、相当なヘソ曲がりなんじゃないの？」

「ぼくは、気の小さい平凡な男ですよ。それはそうと、いまや弁護士は全国に三万四千人以上もいるわけですから、それなりの商売っ気がないと、独立開業は難しいでしょうね？」

「だと思うよ。昨年度の弁護士の平均年収は六百数十万円だというから、それだけ競争が激しいんだろう」

「正義感だけで依頼人を取り込める世界じゃないことは、確かだと思います」

「弁護士は裁判に勝ってこそ、存在価値があるわけだ。場合によっては、黒いものを白くしなければならない。清濁併《せいだくあわ》せ呑《の》むだけの度量がないと、成功は覚束《おぼつか》ないだろうね」

「その点、検事や判事は損得を考えずに法の番人でいられます」

「確かに、その通りだな。俸給はそれほど高くないが、金のために正義感を棄《す》てなくても済む。それが最大の魅力かもしれない」

「ええ、そうですね。朽木検事、少し早目ですけど、昼飯を喰《く》いに出ませんか？」

「B級グルメを自称してる喰いしん坊が、また何か新メニューを見つけてきたようだな」

「ええ、そうなんですよ。安くてうまい海鮮丼《かいせんどん》をランチタイムに出してる店を見つけたんです」

「その店は、どこにあるんだい？」

「日比谷の映画館街の外れです。ぼく、案内しますよ」

「それじゃ、つき合おう」

二人は調べ室を出ると、エレベーターホールに向かった。三階だった。

ほどなく検察法務合同庁舎を出た。外は五月晴《さつきば》れだった。陽光が新緑を輝かせている。風も清々《すがすが》しい。

朽木は滝沢と日比谷公園を横切り、映画館街に急いだ。

導かれたのは、高架沿いにある活魚料理店だった。夜は飲み屋になるのだろう。まだ正午前だったが、早くもサラリーマンやＯＬで満席だった。朽木たちは十五分ほど店の外で待ってから、ようやくテーブルについた。

注文した海鮮丼には、北海道から毎朝空輸されているという魚介類が惜《お》しげもなく盛られていた。刺身《さしみ》は、どれも鮮度がよかった。

「検事、どうです？」

滝沢が箸《はし》を使いながら、感想を求めてきた。

「このボリュームで九百五十円は安いね。毎日でも喰いたい感じだよ」

「そう言ってもらえると、紹介した甲斐《かい》があります。それはそうと、なんで朽木検事は官舎に入らないんです？」

「官舎は家賃が安いが、何かと窮屈《きゆうくつ》じゃないか」

「たとえば、恋人を部屋に泊めにくいとか？」

「それもあるが、職場の連中と塒《ねぐら》まで同じじゃ、ますます世間知らずになるからな」

「確かに、そうですね。だから、検事は自由が丘の民間マンションで独《ひと》り暮らしをしてるのか」

「１ＤＫで月に九万円以上の家賃を払うのは痛いが、気楽だからね。実家が同じ東急東横線の日吉《ひよし》にあるから、ちょくちょく親の家で只飯《ただめし》を喰わせてもらってるんだ」

「そうなんですか」

「滝沢君は、赤羽《あかばね》の親許《おやもと》から通ってるんだったね？」

「ええ、そうです。早く自立したいとは思ってるんですけど、まだ稼ぎがよくありませんからね。食べ歩きの趣味があるうちは、当分、親許にいることになりそうです」

「そのほうが何かと楽でいいじゃないか」

「楽は楽ですけど、刺激がないですよ。朽木検事みたいに彼女がいれば、週末は愉《たの》しいんでしょうけどね」

「恋人がいたって、いつも愉しいわけじゃないさ」

朽木は緑茶を啜《すす》って、セブンスターに火を点けた。彼は早明《そうめい》大学法学部在学中から、一つ年下の井出深雪《いでみゆき》と交際を重ねてきた。

現在、深雪は関東テレビ報道部の記者である。彼女の借りているマンションは代々木上原《よよぎうえはら》にある。ワンルームマンションだ。

「いずれは、美人記者と結婚されるんでしょ？」

「さあ、どうなるのかな。二人とも、結婚という形態にはあまり拘《こだわ》ってないからね」

「もったいないことを言うんだな。ぼくなら、彼女をさっさと妻にしてしまいますけどね」

「おれが若死にしたら、滝沢君、深雪と結婚してやってくれよ」

「はい、任《まか》せてください」

滝沢がおどけて胸を叩《たた》き、ショートホープをくわえた。

二人は一服し終えると、じきに店を出た。支払いは割り勘だった。日比谷公園のベンチで寛《くつろ》いでから、二人は職場に戻った。

「ぼく、ちょっと……」

滝沢がそう言い、手洗いに足を向けた。朽木はエレベーターで三階に上がった。函《ケージ》を出たとき、懐で携帯電話が鳴った。

朽木は手早く携帯電話を取り出し、ディスプレイを覗《のぞ》いた。発信者は恋人の深雪だった。

「急な取材が入ったようだな?」

朽木は先に口を切った。

「そうなのよ。渋谷署管内で殺人事件が発生したの。そんなわけで、きょうのデートはキャンセルさせて」

「わかった。仕事のほうが大事だからな」

「あら?　もしかしたら、少し拗《す》ねてる?」

「いや、全然」

「相変わらず、かわいげがないわね」

「それは、男の台詞《せりふ》だろうが」

「ううん、女の台詞でもあるの。男も女も、やっぱり、かわいげがないとね」

「そんなものか」

「ええ、そんなもんよ。取材が早く終わるようだったら、拓也さんの部屋に押しかけるつもり。迷惑？」

「わかりきったことを訊《き》くなって」

「やっぱり、迷惑なんだ？」

「おまえさん、性格悪くなったな」

「うふふ。ちょっと突っかかってみたくなっただけよ。行けたら、行くからね。よろしく！」

深雪が電話を切った。

朽木は携帯電話を上着の内ポケットに戻し、刑事部のフロアに入った。

と、次長の荒良行《あらよしゆき》が手招きした。荒は山男ふうの風貌《ふうぼう》だが、出世頭だった。まだ四十三歳ながら、次長である。

朽木は次長席に歩み寄った。

「今井は犯行を認めたのか？」

「いいえ、自分はシロだと言い張って……」

「そうか。まだ時間がかかりそうだな」

「申し訳ありません」

「ま、いいさ。実はね、きみに特別な任務を引き受けてもらいたいんだ。現在きみが抱《かか》えてる事件は、みんなに割り振ることにした。きょうから、朽木君には非公式な〝特命検事〟になってもらう」

「〝特命検事〟ですか？」

「そうだ。新聞社の遊軍記者のようなものと考えてくれ。〝内偵検事〟とも言えるな」

「要するに、わたしは刑事部のお荷物になったってことですね？」

「そんなふうに僻《ひが》むなって。その逆さ。フットワークの軽い若手検事に内偵捜査をしてもらいたいんだ」

「そうですか。それで、最初の任務は？」

「数日前、刑事部宛《あて》にこの告発状が届いたんだ。とりあえず、ざっと目を通してみてくれないか」

　荒次長がそう言い、一通の白い角封筒を差し出した。

　朽木は軽く頭を下げ、告発状を受け取った。差出人の名は記《しる》されていなかった。

三つ折りにされた便箋《びんせん》を引き抜く。便箋は淡いクリーム色で、筆跡は流麗《りゅうれい》だった。匿名《とくめい》の告発者は女性だろう。

朽木は文面を目で追いはじめた。

前略、匿名での告発をお赦《ゆる》しください。わたくしは、数カ月前まで社団法人全日本消費者ユニオンの事務局で働いていた者です。坂口彰《さかぐちあきら》専務理事が去年の秋に日新自動車から発売されたファミリーカー『ペガサス』の欠陥に目をつぶり、何か裏取引をした疑いがあります。

まだ表沙汰《おもてざた》にはなっていませんが、『ペガサス』のブレーキワイヤー固定金具に溶接不備があり、およそ二千台が密《ひそ》かに無償回収《リコール》・修理されたのです。会社ぐるみでリコール隠しをしたと思われます。

それだけではありません。『ペガサス』のブレーキ関係の欠陥による交通事故が三件も発生し、五人の死傷者が出ているのです。日新自動車はどの事故も別に原因があると主張していますが、全日本消費者ユニオン側が雇った交通事故鑑定人の調査では、『ペガサス』の欠陥が事故の大きな要因になったことは明白でした。

しかし、その後、交通事故鑑定人は再調査のあと、事故と欠陥の因果関係を否定しました。日新自動車からの圧力に屈《くっ》したのかもしれません。あるいは、坂口専務理事が交通事故鑑定人を卑劣《ひれつ》な手段で黙らせたとも考えられます。

どちらにしても、坂口が『ペガサス』の欠陥を暴《あば》かなくなったことは不自然です。わたくしは、専務理事が日新自動車を脅迫し、巨額の口止《ど》め料をせしめたのではないかと推測しています。ちなみに、数カ月前に坂口が一億数千万円の高級マンションを買ったという噂も耳に入っています。やはり、裏取引があったのではないでしょうか。

そうだとしたら、坂口は消費者運動そのもののイメージを穢《けが》したことになります。数多くの市民が純粋な気持ちで、消費者運動に参加しています。わたくしも、そのひとりでした。坂口専務理事の疑わしき行動は、断じて赦《ゆる》せません。

話が前後しますが、ひと月ほど前に警視庁に同じ内容の告発状を送ったのですが、捜査に乗り出してくれる気配はうかがえませんでした。そんなわけで、東京地検刑事部のお力に縋《すが》る気になった次第です。

どうか一日も早く捜査のメスをお入れください。お願いします。


朽木は便箋を折り畳んで、封書の中に戻した。

日新自動車は業界三位の大手だ。数年前にもワンボックスカーのスライドドアの加工に不具合があり、七千数百台の欠陥車をリコールしていた。

「次長、日新自動車が『ペガサス』のリコールを国土交通省に届け出た事実はあるん

「でしょうか？」

「その告発状を読んで、すぐに国土交通省に問い合わせてみたんだ。しかし、リコールの届け出はされてなかったよ。告発内容に間違いがないとしたら、日新自動車は会社ぐるみでリコール隠しをしたことになるね」

「ええ」

「朽木君、その告発状に書かれていることが事実なのかどうか、早速《さっそく》調べてくれないか。もちろん、滝沢君の手を借りてもかまわない」

「次長は、単なる中傷《ちゅうしょう》ではないと睨《にら》んだようですね？」

「実はね、坂口彰という人物の犯歴を調べてみたんだよ。現在、五十六歳の坂口はおよそ二十年前までブラックジャーナリストとして暗躍してた男だった」

「前科歴は？」

「恐喝罪で過去に二度検挙《アゲ》られてる。どちらも実刑こそ免《まぬが》れたが、れっきとした犯歴があるわけだ。内偵捜査をしてみる価値はあると思うね。少しばかりだが、必要な捜査資料は揃《そろ》えておいた」

荒次長が茶色い書類袋を差し出した。朽木はそれを受け取り、踵《きびす》を返した。

2

エレベーターが停止した。

六階だった。銀座二丁目の裏通りに面した古い雑居ビルだ。

朽木は函《ケージ》から出た。目的の全日本消費者ユニオン事務局は、エレベーターホールの近くにあった。

午後二時過ぎだった。朽木は検察滝沢事務官にユーザーの振りをして日新自動車の販売店を回るよう指示し、告発者捜しに乗り出したのである。

軽くノックをしてから、事務局のドアを押す。

フロアスペースは、それほど広くない。ほぼ中央に八卓の事務机が並び、奥まった場所に小部屋がある。

事務局内には、四十二、三歳の女性がひとりいるだけだった。彼女はコピー機の前に立っていた。

「東京地検の者ですが、ちょっとよろしいですか？」

朽木は身分を明かし、穏《おだ》やかに話しかけた。

「ご用件は？」

か？」

「ああ、石岡夏季《いしおかなつき》さんのことね。彼女、何か法律に触《ふ》れるようなことでもしたんです
「数カ月前に事務局を辞《や》められた女性がいますよね？」

「なぜ、そう思われたんです？」

「石岡さんは派手なタイプで、法律とかモラルなんか気にしないとこがあるから。現に彼女は……」

相手が言い澱《よど》み、視線を逸《そ》らした。

「石岡さんは、どうして事務局を辞めてしまったんです？」

「彼氏と気まずくなったからじゃないのかしら？　あら、いやだ。わたし、余計なことを口走っちゃったわ」

「その彼氏というのは、専務理事の坂口彰さんのことなんでは？」

「そこまでご存じなら、隠す必要もないわね。石岡さんは五年ほど前から事務局で働いてたんだけど、半年も経《た》たないうちに坂口専務理事と不倫の関係になったんですよ。でも、最近、専務理事に新しい愛人ができたみたいで、二人の仲はしっくりいってなかったの。それで、結局、関係を清算することになったんだと思うわ」

「そうですか。石岡さんにお目にかかりたいんですが、自宅の住所を教えていただけますか？」

朽木は頼んだ。相手の女性は短く考えてから、近くのスチールキャビネットに歩《ほ》を進めた。彼女はファイルを取り出し、何かメモをしている。

「お忙しいところを申し訳ありません」

朽木は相手を犒《ねぎら》った。待つほどもなく女性職員が戻ってきた。

手渡された紙切れには、石岡夏季の自宅の住所が書かれていた。下北沢のマンションに住んでいるようだ。

「石岡さん、東京地検に告発状の類《たぐい》でも出したんじゃない？」

「そうじゃないんですよ。彼女の知り合いがある事件に関与してるかもしれないんで、ちょっと話をうかがいたいと思ってるだけです」

朽木は内心の狼狽《ろうばい》を隠して、努《つと》めて平静に言い繕《つくろ》った。

「その知り合いって、坂口専務理事のことなんでしょ？　石岡さん、だいぶ専務理事のことを恨《うら》んでたみたいだから」

「恨んでた？」

「ええ、そう。坂口専務理事は奥さんと離婚したら、石岡さんを後妻に迎えると言ってたようなの。だから、彼女は三十歳になるまで愛人で我慢してたんでしょうね。それなのに、専務理事は赤坂のクラブホステスに夢中になってしまったんだから、それは面白くないでしょ？」

「新しい愛人について、何かご存じですか？」

「本名までは知らないけど、『ミラージュ』という高級クラブのナンバーワンの理沙《りさ》って娘《こ》よ。まだ二十三だって話だったわ。坂口専務理事の女好きは一種の病気なんだから、石岡さんも適当なところで見切りをつけるべきだったのよね」

「失礼ですが、あなたも坂口さんに言い寄られたことがあるのでは？」

「昔の話だけど、口説《くど》かれて一度、温泉に行ったことがあるわ。そのときにわたしは専務理事に浮気癖があることを見抜いたんで、それ以上の深入りはしなかったの」

「賢明ですね」

「石岡さんは、専務理事にのめり込みすぎたのよ。冷たい言い方になるけど、不倫相手に裏切られたのは自業自得ね」

「そうなんでしょうか。ところで、坂口さんが昔、ブラックジャーナリストめいたことをしてたという話は？」

「だいぶ以前に、そういう噂《うわさ》を聞いたことあるわ。でも、ここの専務理事になってからは消費者の立場になって、企業のさまざまな不正と闘ってきたはずよ。専務理事はブラックジャーナリスト時代に全日本消費者ユニオンを創設した田久保陽平《たくぼようへい》理事長の生き方に感銘して、人生観がすっかり変わったみたいなの」

「田久保理事長は、どういう方なんです？」

「小型モーターの製造販売で財を築いた実業家なんだけど、苦労を共にしてきた奥さんが病死されると、私財をなげうって消費者運動に専念されるようになったの」

「いまも、活動されてるんでしょ？」

「いいえ。五年前に脳卒中《のうそっちゅう》で倒れられてからは植物状態になってしまったんで、現在は何も……」

「そうすると、いまは坂口専務理事が全日本消費者ユニオンの運営を仕切ってるわけですね？」

「ええ、そうよ。坂口専務理事はワンマンタイプだけど、田久保理事長を人生の師と仰いでるから、おかしなことはしてないはずだわ」

「そうですか。坂口さんは、外出されてるようですね？」

「大阪に出張してるの。明日の午後には東京に戻ってくる予定よ。石岡さんが専務理事を何かで、陥《おとしい》れようとしてるんだったら、それは単なる中傷なんだと思うわ」

「別段、石岡さんは坂口さんを悪者扱いしたわけじゃないんですよ。ご協力に感謝します。ありがとうございました」

「いいえ、どういたしまして」

女性職員がにこやかに言った。

朽木は一礼し、事務局を出た。すぐにエレベーターに乗り込む。雑居ビルを出たとき、滝沢検察事務官から電話がかかってきた。

「少し前に日新自動車の赤坂販売所を出たとこなんですが、『ペガサス』のブレーキ関係に欠陥があったことはどうも事実のようですね。ぼく、友人が欠陥のある『ペガサス』を買わされたと匂《にお》わせてみたんですよ」

「そうしたら？」

「販売員はひどく焦《あせ》って、販売済みの『ペガサス』には一台も欠陥車はないと何度も繰り返し、友人の名とぼくの身分を知りたがったんですよ。もちろん、ぼくは返事をはぐらかしましたけどね。そうしたら、応対に現われた販売員がこっそり尾《つ》けてきたんですよ」

「販売員が滝沢君を尾行したって⁉」

「そうなんです。ぼくが途中で振り返ったら、販売員は慌《あわ》てて職場に駆け戻っていきましたけどね」

「例の告発状に書かれてたことは、どうやら事実らしいな。滝沢君、もう二、三軒、日新自動車の販売所を回ってみてくれ」

「わかりました。販売員が同じような反応を示すようだったら、欠陥車のリコールはあったと考えてもいいんでしょうね？」

「そうだな。しかし、会社ぐるみでリコール隠しをしてるとなると、問題のある『ペガサス』を買わされたユーザーを見つけ出すことは容易じゃないだろう。欠陥部分を修理してもらったユーザーは当然、日新自動車に口止めされただろうからな」

「でしょうね。もしかしたら、リコールの件は絶対に他言しないという念書を認《したた》めさせられたんじゃないのかな？」

「充分に考えられるね。それから、欠陥車を買わされたユーザーは数十万円の詫《わ》び料を貰《もら》ってる可能性もあるな」

「ええ、そうですね。リコールに応じたユーザーの証言は得にくいだろうな」

「滝沢君、欠陥のある『ペガサス』を一般の自動車整備工場に持ち込んだユーザーもいるんじゃないか？」

「数は少ないと思いますが、いることはいるでしょうね。一般の自動車整備工場に問い合わせれば、そうしたユーザーはわかると思うな。ぼく、問い合わせてみますよ」

「ああ、頼む」

「検事、告発状の差出人はわかったんですか？」

「まだ確認はしてないんだが、告発者は坂口専務理事と五年も愛人関係にあった石岡夏季という女性だろう」

　朽木は、全日本消費者ユニオンの事務局で聞いた話をかいつまんで語った。

「その元職員に会えば、かなり内偵捜査は進展しそうですね」

「ああ。これから、石岡夏季の自宅マンションに行ってみるよ」

「そうですか。ぼくは別の販売所に行ってみます」

滝沢が通話を打ち切った。

朽木は終了キーを押し込み、携帯電話を懐《ふところ》に突っ込んだ。銀座四丁目まで歩き、地下鉄銀座線に乗り込む。

若手の検事でも、公用車はいつでも使える。しかし、都内の移動は電車やバスを利用したほうがかえって便利だ。少なくとも、所要時間の予測ができる。

朽木は地下鉄で渋谷まで行き、井の頭線に乗り換えた。下北沢駅で下車したのは、午後三時四十分ごろだった。

メモを確かめながら、石岡夏季の自宅をめざす。夏季の住まいは、駅から七、八百メートル離れた閑静な住宅街の一画にあった。

南欧風の造りの九階建てマンションだ。出入口は、オートロック・システムにはなっていなかった。管理人室もない。

朽木は勝手にエントランスロビーに足を踏み入れ、エレベーターに乗り込んだ。夏季の部屋は三〇五号室である。

朽木は三階でエレベーターを降り、夏季の部屋のインターフォンを鳴らした。

ややあって、若い女の声で応答があった。

「東京地検刑事部の者です」

「あら！」

「告発状を出された石岡夏季さんですね？」

「は、はい」

「わたし、朽木という者です。ちょっとお邪魔させてください」

「いま、ドアを開けます」

「よろしく！」

朽木は少し退《さ》がった。室内でスリッパの音が響き、象牙色《ぞうげいろ》の玄関ドアが開けられた。

現われた部屋の主は、息を呑《の》むほどの美人だった。色白で、妖艶《ようえん》でもあった。

朽木は身分証明書を短く呈示《ていじ》した。

「玄関先では落ち着きませんので、どうぞお入りになって」

夏季が玄関マットの上に、客用のスリッパを揃《そろ》えた。朽木は目礼し、靴を脱いだ。

通されたリビングは十畳ほどの広さだった。間取りは１ＬＤＫだ。家具や調度品も安物ではない。

どうやら夏季は坂口と愛人関係にあった時期、まとまった手当を受け取っていたようだ。おそらく、月々の家賃も坂口に払ってもらっていたのだろう。

夏季は二人分のコーヒーを淹《い》れると、向かい合う位置に浅く腰かけた。

「ここにいらっしゃる前に、銀座の事務局にお寄りになったんでしょ？」

「はい。それで、居合わせた女性職員の方から、数カ月前に石岡さんが退職されたことを聞きました」

「そうですか」

「不躾《ぶしつけ》な言い方になりますが、あなたは坂口専務理事と五年ほど愛人関係にあったようですね？」

「ええ、その通りです。坂口はいずれ奥さんと協議離婚して、わたしと再婚すると言ってくれてたんです。だけど、それは男特有の狡《ずる》い言い逃《のが》れだったの。坂口は離婚することもなく、わたしに隠れてクラブの女にうつつを抜かすようになりました。それで、わたしは坂口には誠意の欠片《かけら》もないと判断し、愛人生活にピリオドを打つことにしたの。それが退職の理由です」

「なるほどね」

「東京地検に告発状を書いたのは、単なる失恋による厭《いや》がらせではないんです。善人面《づら》している坂口の仮面を義憤《ぎふん》から引っ剝《ぱ》がしてやりたくなったのよ」

「あなたが書かれてることは、どの程度の裏付けがあるんです？」

「昨年の秋に発売された『ペガサス』のブレーキ部分に欠陥があって、日新自動車が密《ひそ》かにリコールしたという話は坂口から直《じか》に聞きました」

「欠陥による交通事故が三件発生し、五人の死傷者が出たとも記《しる》されてますよね？」

朽木は確かめ、コーヒーをブラックでひと口飲んだ。

「その話も坂口から聞きました。ですけど、事故の起こった日時や場所など具体的なことは教えてくれませんでした。ただ、プロの交通事故鑑定人に事故の検証をしてもらったことは間違いありません。わたしが坂口に言われて、その方に鑑定依頼の電話をかけた記憶がありますから」

「その方のお名前は？」

「古宮克俊《こみやかつとし》さんです。虎ノ門二丁目に、ご自分の事務所を構えているはずです」

「まだ若い方ですか？」

「いいえ、もう六十過ぎです。交通警官を何十年もやられてから、プロの交通事故鑑定人になったと聞いてます。轢《ひ》き逃げ事件を独自の調査で何件も解決して、テレビにも出演したことがあるそうですよ」

「そうですか。その古宮氏がいったんは『ペガサス』の欠陥による交通事故と鑑定しておきながら、後日、言《げん》を翻《ひるがえ》したとか？」

「ええ、そうなんですよ。坂口は、これで日新自動車の『ペガサス』の欠陥を暴《あば》けると喜んでたんですが、その後、彼と古宮さんは糾弾《きゅうだん》の手を緩《ゆる》めることになってしまったの。おそらく二人は、日新自動車に何らかの鼻薬を嗅《か》がされたんでしょうね」

「坂口さんは最近、億ションを購入されたとか?」

「二カ月ほど前に乃木坂《のぎざか》の高級分譲マンションを一億数千万円で買ったという噂は、わたしの耳にも入ってます」

「マンションの名は?」

「『乃木坂アビタシオン』です。九〇一号室を即金で買ったという噂よ」

「坂口さんは全日本消費者ユニオンから毎月、いくら貰ってるんです?」

「半《なか》ばボランティア活動ですから、五十数万円しか貰ってないはずです。でも、彼は貸店舗やアパートを持ってるんで、そちらの収入が年に二千万円程度はあるのよ」

「だとしても、乃木坂の億ションを即金では買えないでしょ?」

「わたしも、そう思います。おおかた坂口は日新自動車の『ペガサス』の欠陥やリコールに目をつぶって、数億円の口止め料をせしめたんでしょう。そのうちの一部は、交通事故鑑定人の古宮さんに流れたのかもしれません。それで、古宮さんは最初の鑑定を否定するようになったんじゃないのかしら?」

「そうなんだろうか。話を戻しますが、そもそも坂口専務理事は『ペガサス』のブレーキ部分に欠陥があることをどんな方法で知ったんでしょう?」

「去年の暮れ、事務局にユーザーの方から一本の電話がかかってきたんです。その方の娘さんが助手席に満二歳の息子さんを乗せて、『ペガサス』を運転してるときにブレーキが利かなくなって、交差点で貨物トラックと衝突してしまったらしいの。ドライバーの母子は即死だったそうよ。警察はドライバーがアクセルとブレーキを踏み間違えたことによる事故と断定したようですが、事務局に電話をかけてきた方はどうしても納得できなかったんでしょう」

「その方のお名前と連絡先は？」

「それはわかりません。坂口自身が受話器を直《じか》に取って、その方と話をしてましたんでね。彼が交通事故鑑定人の古宮さんに連絡をとってくれと言ったのは、その電話があった翌日のことでした」

「そうですか。多分、坂口さんはその人身事故の鑑定で、『ペガサス』のブレーキ部分の欠陥に気づいたんでしょう」

「ええ、そうなんだと思うわ」

夏季はコーヒーカップの把《と》っ手《て》に白い指を添《そ》えたが、コーヒーは飲まなかった。

「坂口さんが日新自動車に接触されたのは？」

「去年の十二月の中旬のことです。坂口は総務部を窓口に接触したようですが、すぐに顧問弁護士の手塚《てづか》清《きよし》氏が日新自動車の代理人として登場したみたいね。手塚弁護士は五十代の半《なか》ばですが、四十代後半までは東京高検の検事さんだったらしいんです。朽木さんのお知り合いですか？」

「いいえ、その方のことは知りません。いわゆるヤメ検と呼ばれてる弁護士は、たいてい大手企業の顧問弁護士になってます。その手塚という方も、きっと優秀な検察官だったにちがいありません。こっちは駆け出しの検事ですから、偉い人たちとはほとんど接触がないんですよ」

「そうなの」

「坂口さんは日新自動車の顧問弁護士とは何度か会ったんでしょ？」

「わたしが知ってるのは、築地《つきじ》と紀尾井町《きおいちょう》の料亭で一回ずつ会ったことだけ」

「それは、いつのことです？」

「今年の一月と二月のことだったわ。正確な日時は憶《おぼ》えてませんが、坂口はその後、『ペガサス』の欠陥のことは一度も口にしなくなりました」

「不自然だな。石岡さんが推測されたように、坂口専務理事は手塚顧問弁護士と何か裏取引をしたのかもしれない」

「絶対にそうよ。そうに決まってる。乃木坂の高級マンションは新しい愛人にプレゼントしたんじゃないかしら？　だとしたら、不愉快だわ」

「でしょうね」

「わたしは五年間も坂口に弄《もてあそ》ばれて、ボロ屑《くず》のように棄《す》てられたの。その間に二度も中絶してる。それなのに、手切れ金すら貰えなかったんです。坂口に『わたしの青春を返して』って言ってやりたいわ」

「今度は、いい恋愛をしてください」

朽木は優しく言って、ソファから立ち上がった。

3

看板に西陽《にしび》が当たっている。

古宮交通事故鑑定人事務所だ。事務所は、ビルの谷間に建つ木造の二階家の二階にあった。階下は小さな不動産屋で、その脇に狭い外階段《そとかいだん》が見える。

朽木は、赤錆《あかさび》の浮いた鉄骨階段を昇《のぼ》った。

踊り場の右横に、化粧合板《けしょうごうはん》のドアがある。朽木はノックし、ノブを回した。

事務所の中には、六十年配の細身の男がいた。白髪の目立つ髪は短く刈り込まれている。典型的な金壺眼《かなつぼまなこ》だ。

男は古ぼけた木製の机に向かっていた。

机上には、カラー写真がトランプカードのように並べられている。フロアのほぼ中央には、色褪《いろあ》せたモケット張りのソファセットが置いてあった。

「失礼ですが、交通事故鑑定人の古宮さんですね？」

朽木は確かめながら、後ろ手にドアを閉めた。

「そうだが、鑑定依頼かな?」

「いいえ、違います。東京地検刑事部の朽木と申します」

「検察事務官か」

「これでも一応、検事です」

「ほう。で、わたしにどんな用があるんだね?」

「古宮さんに確認したいことが幾つかあるんですよ。ご協力いただけますね?」

「いったい何だって言うんだい? 話は、そっちで聞くよ」

古宮がうっとうしそうに言い、応接セットに目を向けた。

朽木は目礼し、ソファに腰かけた。古宮が机から離れ、朽木の前にどっかと坐った。

「身分証明書を呈示するのが礼儀じゃないのかね?」

「失礼しました」

朽木は謝《あやま》り、身分証明書を見せた。古宮がハイライトに火を点ける。

「全日本消費者ユニオンの坂口専務理事はご存じですね?」

「ああ、よく知ってるよ」

「時期ははっきりしませんが、あなたは坂口さんの依頼で交通事故の鑑定をしたことがありますね? 『ペガサス』を運転していた女性が貨物トラックと衝突して、助手席の幼子とともに死亡した事故です」

「その事故の鑑定をしたのは、確か去年の十一月の末だったな。現場は大田区池上《いけがみ》の交差点だった」

「あなたは最初の鑑定では、『ペガサス』のブレーキ部分の欠陥が人身事故を招いたと鑑定したとか？　その後、欠陥による事故ではないと訂正したそうですね？」

「あんた、その話を誰から聞いたんだ？　池上署の交通課から情報を入手したようだな？」

「そうではありません。東京地検刑事部に届いた告発状に記述されてたんですよ」

「告発状だって⁉　わたしが故意に鑑定を曲げたと疑っている者がいるのかっ。そいつは、どこの誰なんだ！」

「ここで、告発者の名を明かすわけにはいきません」

「全日本消費者ユニオンの関係者なんだろ？」

「その質問にも答えられませんね」

朽木は首を横に振った。古宮が顔をしかめ、喫《す》いさしの煙草の火を乱暴に揉み消した。

「最初の鑑定で『ペガサス』のブレーキ部分に欠陥があると判断された理由は？」

「所轄署で事故車輛《しゃりょう》を見せてもらったとき、『ペガサス』のブレーキのワイヤー固定金具が大きく引き剝《は》がれてたんだよ。それで、最初っから溶接の仕方が悪かったんで、ブレーキが作動しなかったんじゃないかと考えたのさ」

「『ペガサス』のブレーキ痕は現場には？」

「まったくブレーキ痕は見られなかったよ。だから、初めは欠陥による事故だと鑑定したわけさ」

「その後、新事実が出てきたわけですね？」

「そうなんだよ。消防庁のレスキュー隊員の証言で、『ペガサス』の助手席側のフロアにプラスチック製の玩具《がんぐ》が落ちてたことがわかったんだ。助手席にセットされてたチャイルドシートのベルトもしっかりと掛かってた。それで運転中の母親が子供の玩具を拾い上げようと気を取られてるとき、貨物トラックが眼前に迫ってきた。慌《あわ》てた母親はブレーキを踏みつけるつもりで、誤ってアクセルに足を掛けてしまった。かなりのスピードで貨物トラックに激突したわけだから、ブレーキのワイヤー固定金具が剝がれたとしても不思議ではない。そう考え直したんで、鑑定を訂正したんだよ」

「事故で亡くなられた母子の氏名、それから遺族の連絡先を教えてほしいんです」

「それは立場上、わたしからは教えられないね。どうしても知りたいんだったら、池上署の交通課に行ってみるんだね」

「そうしましょう。それはそうと、古宮さんが最初の鑑定を出したとき、坂口専務理事の反応はどうでした？」

　朽木は訊いた。

「欠陥のある『ペガサス』をユーザーに売りつけた日新自動車を糾弾《きゅうだん》すると張り切ってたよ」

「こちらの捜査資料によると、坂口さんは日新自動車の総務部にクレームをつけたようです。日新自動車は顧問弁護士の手塚清氏を代理人に立てたみたいですね」

「その話は坂口さんから聞いたよ。日新自動車側は、『ペガサス』には何も欠陥はなかったと主張したらしい。それで坂口さんは、わたしに再鑑定してくれと言ってきたんだ。その結果、坂口さんはクレームを撤回《てっかい》する気になったんだよ」

「坂口専務理事が昔、ブラックジャーナリストとして暗躍してたという情報も摑んでるんです。そんなにあっさりと引き下がるもんだろうか」

「あんた、何が言いたいんだね？」

「坂口さんは数カ月前に乃木坂の高級分譲マンションを一億数千万円で購入したようなんですよ、即金でね」

「ほ、ほんとかい⁉　その話は初耳だな」

「坂口さんの年収は二千五、六百万程度らしいから、ちょっとでかい買物ですよね。そうは思いませんか？」

「言いたいことをはっきり言ったら、どうなんだっ。あんたは坂口さんが何か日新自動車と裏取引をしたとでも疑ってるような口ぶりだね？」

「そう疑えないこともないでしょ？　ジャンボ宝くじで一等でも当てない限り、億単位の金なんか手に入らないでしょうからね」

「坂口さんはせっせと貯蓄に励《はげ》んでたのかもしれないだろうが。昔のことがあるからって、坂口さんを悪者扱いにするのはよくないな」

「別に過去のことで偏見《へんけん》を持ってるわけじゃないんですよ。坂口専務理事は五年も愛人を囲ってたという話だし、いまも赤坂の高級クラブの売れっ子ホステスに入れ揚げてるようだから、とても貯《たくわ》えなんかできないはずだと考えたわけです」

「そうかもしれないが、坂口さんはいまは気骨《きこつ》のある消費者運動の活動家だよ。恐喝や強請《ゆすり》めいたことはしないさ」

「それじゃ、親の遺産でも転がり込んだのかな？　坂口さんは資産家の倅《せがれ》なんですかね？」

「実家は貧しかったという話だったが……」

「そうなると、やっぱり怪しいな」

「検事がそういうことを軽々しく口にするのは問題だな」

古宮が咎《とが》めた。

「ちょっと軽率《けいそつ》でした。しかし、坂口さんが大金を手に入れたことがどうしても引っかかるんですよ。これはあくまでも仮説なんですが、古宮さんの最初の鑑定が正しかったとしたら、『ペガサス』のブレーキ部分に欠陥があったってことになりますよね？」

「ま、そうだな」

「大手自動車会社が欠陥車を何千台、何万台も売ったとなったら、企業イメージは著《いちじる》しくダウンします。場合によっては、屋台骨《やたいぼね》も揺らぐことになりかねません」

「そこまでいかなくても、ユーザーの信用はガタ落ちになるだろうね」

「ええ。日新自動車は過去にワンボックスカーのスライドドア部分の欠陥を指摘されて、リコール騒ぎを起こしてます。その上、『ペガサス』の欠陥が表沙汰になったら、もはや致命的です」

「欠陥騒ぎに発展しないうちに、日新自動車は金で坂口さんを黙らせた？」

「そういう推測はできると思います。それから古宮さんを怒らせることになりそうですが、あなたが短い間に鑑定を訂正したことも少し気になりますね」

「言うに事欠《ことか》いて、なんてことを言い出すんだっ。きみはわたしが故意に『ペガサス』の欠陥に目をつぶったとでも言うのか！　わたしはプロの交通事故鑑定人だぞ。いつだって、公正な立場で鑑定をしてきた。自動車会社やタイヤメーカーの圧力に屈《くっ》したことは、ただの一度もない。ましてや金で抱き込まれて、欠陥車のことを黙ってるなんてことはあり得ないっ」

「古宮さん、そう興奮しないでください。わたしは、そこまでは言ってないでしょ？　ただね、プロらしくないと思った点があるんですよ」

「どんな点なんだ？」

「事故車の助手席の下の床に幼児用の玩具が落ちてたことは、レスキュー隊員の証言でわかったとおっしゃってましたよね？」

「ああ」

「そうしたことは、最初の鑑定時にわかりそうですがね。その点がどうも腑《ふ》に落ちないんですよ」

「わたしは長いこと交通警官をやってきたが、いまは民間人に過ぎない。警察ＯＢだからといって、交通事故を扱った各所轄署がどこも協力的というわけじゃないんだ。知り合いのいない署では、けんもほろろということもある」

「池上署には知り合いはいなかったんですか？」

「ああ、残念ながらね。だから、最初の鑑定のときは調書の一部しか見せてもらえなかったんだよ。現場写真も、ほんの数葉《すうよう》しか見せてもらえなかった。そんなわけで、フロアに落ちてたプラスチックの玩具のことはわからなかったんだ」

「だから、最初はブレーキ部分の欠陥による事故と断定したんですね？」

「そうだよ」

「わたしの考え過ぎだったのかもしれません」

朽木は笑顔で折れて見せた。しかし、古宮が自らの鑑定を覆《くつがえ》したことに釈然としないものを感じていた。

「もうじき客が来ることになってるんだ。バイクを無免許運転してた中学生の坊やが白バイに追突された勢いで対向車線まで撥《は》ね飛ばされて、乗用車に轢《ひ》かれて死んだんだよ」

「死んだ少年の父親が白バイの追跡に行き過ぎがあったんじゃないかと鑑定を依頼してきたんですね？」

「そうなんだ。そんなわけだから、そろそろ引き取ってもらいたいな」

古宮が言った。朽木は素直に相手の言葉に従った。

いつの間にか、夕闇が追っていた。

朽木は近くの桜田通りまで歩き、タクシーを拾った。池上署に着いたのは、およそ三十分後だった。

朽木は一階の受付で身分を明かし、来意も告げた。

少し待つと、交通課の若い巡査が現われた。朽木は夏季の告発状を相手に見せ、協力を仰《あお》いだ。交通巡査はいったん奥に引っ込み、上司とともに戻ってきた。上司の警部補は、問題の事故調書を抱えていた。

朽木は事故調書を借り受け、必要な事柄を手帳に書き留《と》めた。『ペガサス』に乗っていたのは、大田区千鳥《ちどり》二丁目に住んでいた西郷知佳《さいごうちか》と息子の稔《みのる》だった。

事故死した知佳は二十七歳で、四年前に会社員の夫を婿《むこ》として迎え、親許で両親と同居していたらしい。実父の西郷仁《ひとし》は五十四歳で、税理士をやっているようだ。母親の裕子《ゆうこ》は五十二歳で、専業主婦と記《しる》されている。

「検事は、告発内容の裏付けを取りたいんですね？」

若い交通巡査が問いかけてきた。

「ええ、まあ」

「自分が当事故の担当でしたんですが、『ペガサス』のブレーキ部分に欠陥はありませんでした。亡くなられた西郷知佳さんは助手席下に落ちた玩具を拾うために脇見運転をし、うっかりブレーキとアクセルを踏み間違えたんですよ」

「交通事故鑑定人の古宮氏は最初、ブレーキ部分の欠陥による事故と断定したようですね？」

「そうです」

上司が口を挟《はさ》んだ。朽木は、相手の言葉を待った。

「ですが、古宮さんはレスキュー隊員の証言を聞いて、すぐに鑑定を訂正されたんですよ。もちろん、池上署《うち》も運転ミスによる事故として処理しました。部下から告発内容について報告を受けましたが、『ペガサス』に欠陥があったとは思えませんね」

「そうですか」

「告発者は日新自動車に何か個人的な恨みがあって、もっともらしい中傷を……」

「その点を含めて、もう少し調べてみるつもりです。ご協力に感謝します」

朽木は二人に礼を述《の》べ、池上署を出た。署の前は第二京浜国道だ。

多摩川大橋に向かって数百メートル進み、池上線のガードを潜《くぐ》り、ほどなく右に折れた。千鳥二丁目の住宅街だ。

西郷家は造作なく見つかった。

七十坪前後の敷地にモダンな造りの二階屋が建っていた。内庭の樹々《きぎ》は青々とした葉を繁《しげ》らせている。

朽木は門柱に歩み寄り、インターフォンのボタンを押した。

少し経《た》ってから、スピーカーから中年女性の声が流れてきた。西郷夫人だろう。

朽木は身分を明かし、来訪の目的も伝えた。待つほどもなくポーチから五十二、三歳の女性が現われた。事故死した知佳の母親だった。

朽木は玄関ホール脇の応接間に通された。

一分ほど待つと、当主の西郷が姿を見せた。酒気《しゅき》を帯びていた。

「ひとり娘と孫の稔をいっぺんに亡くしてからは、素面《しらふ》でいるのが辛くてね。婿の春《はる》樹《き》も市川の実家に戻ったきり、こちらには戻ってきません。彼も酒浸《びた》りの毎日のようです」

「当分、お辛いと思います。実は、東京地検刑事部にこれが届いたんですよ」

朽木はそう前置きして、石岡夏季が書いた告発状を西郷に手渡した。すぐに西郷が文面に目を通しはじめた。

そのすぐ後、西郷の妻が二人分の日本茶を運んできた。彼女は二つの湯呑《の》み茶碗をコーヒーテーブルの上に置くと、夫のかたわらに浅く腰かけた。

西郷が読み終えた告発状を黙って妻に渡した。夫人は貪《むさぼ》るように文面を目でなぞりだした。

「この告発状に書かれてることは事実だと思います」

西郷が一気に言って、長く息を吐いた。

「『ペガサス』のブレーキ部分に欠陥があったと思われてるんですね？」

「はい。娘は事故を起こした車を去年十一月上旬に日新自動車のディーラーで購入したんですが、それから間もなくブレーキの利き方が甘いと度々《たびたび》、訴えるようになりました。ですけど、大手メーカーの新車に欠陥部分があるはずないと思ったんで、娘の知佳には『気のせいだよ』と言ってしまったんです。それだからか、その後は娘は何も言わなくなりました。ただ、雨の日は絶対に『ペガサス』には乗りませんでした」

「ええ、そうだったわね」

　夫人が相槌《あいづち》を打った。

「早く車をディーラーに持って行かせるべきでした。わたしが娘と孫を死なせたようなものです」

「お父さん、もう自分を責めないで。別に、あなたが悪いんじゃありませんよ」

「しかしね」

「車を買われたディーラーは、この近くにあるんですか？」

　朽木は西郷に問いかけた。

「蒲田《かまた》販売所です、日新自動車直営の」

「販売担当者の名前はわかります？」

「林力《はやしつとむ》という営業マンです。納車のときに顔を合わせましたが、誠実そうな人物でした。しかし、納車前に彼がもっと厳しくブレーキ回りの点検をしてくれてたら、こんな悲劇は起こらなかったと思うと、彼に厭味《いやみ》の一つも言ってやりたい気持ちになりますよ」

「お気持ちはよくわかります。それで、西郷さんは娘さんの車のブレーキがおかしかったということを警察の者には言ったんですか？」

「もちろん、池上署の交通課の方たちには伝えました。それから、蒲田の販売所の責任者の方にも、欠陥車を売ったんじゃないかと電話で文句を言ってやりましたよ。そうしたら、須崎《すざき》という責任者は言いがかりをつける気なら、訴訟《そしょう》も辞さないぞと凄《すご》みました」

「警察も欠陥があったとは認めなかったわけですね？」

「ええ、そうです。それでわたしは思い余って、全日本消費者ユニオンの坂口専務理事に相談したんですよ。坂口さんは、日新自動車はワンボックスカーのスライドドアのリコールをやった過去があるから、『ペガサス』に欠陥部分があっても不思議ではないと言って、知り合いの交通事故鑑定人に娘の事故を再調査させると約束してくれたわけです」

「その交通事故鑑定人は、虎ノ門に事務所を構えてる古宮克俊さんのことですね？」

「はい、そうです。その後、坂口さんから連絡がありまして、古宮さんが『ペガサス』のブレーキワイヤーの固定金具の溶接に問題があることを見つけたと言われたんです。坂口さんは日新自動車と掛け合って、娘と孫のために一億五千万円ずつ補償金を取ってやると言ってくれたんですよ。あのときは心強い味方を得たと思いました。お金のことよりも、ユーザーに欠陥車を平気で売りつけた日新自動車を懲《こ》らしめてやりたかったんです」

「ええ、わかりますよ。その後、坂口専務理事から経過報告はちょくちょくあったんですか？」

「いいえ、一度もありませんでした。三週間が経過したころ、坂口さんから電話がありましたよ。古宮さんに再調査してもらったところ、事故原因は娘の運転ミスであることが判明したから、もう力になれないと言われました。わたし、一瞬、坂口さんの言葉が理解できませんでした。たった三週間で、事態が一変してしまったわけですからね」

「さぞや戸惑《とまど》われたと思います」

「その晩、わたしは朝まで一睡もできませんでした。事態が急変したことをあれこれ推測してみたんです。それで、眠れなくなってしまったわけです」

「で、どういう結論に達したんです？」

「坂口さんは日新自動車に抱き込まれたのではないかと思いました」

「告発状に書かれてるように、坂口専務理事が一億数千万円の高級マンションを即金で購入したことが事実なら、金で抱き込まれて、『ペガサス』の欠陥に目をつぶったのかもしれませんね」

「そうだったんだとしたら、わたしは坂口のことを赦《ゆる》せないな。あの男は正義の使者みたいなことを言いながら、私利私欲のために日新自動車と裏取引をしたことになるわけですから」

「ええ、そうですね」

「検事さん、どうかもっと深く捜査してみてください」

「そのつもりでいます。お目にかかったことはありませんが、亡くなられた娘さんとお孫さんにお線香を手向《たむ》けさせてください」

「ええ、どうぞ」

西郷がソファから立ち上がり、案内に立った。

朽木は応接間を出ると、奥の仏間《ぶつま》に導かれた。十畳の和室だった。

真新しい仏壇には、知佳と稔の遺影が並べて置かれていた。花と供物《くもつ》に囲まれている。

西郷の妻が、ろうそくを灯《とも》した。

朽木は仏壇の前にぬかずき、改めて二人の故人の遺影を見上げた。母子の面立《おもだ》ちは驚くほど似ていた。

この二人の命を奪ったのが欠陥車だとしたら、絶対に目をつぶることはできない。

朽木は線香を香炉に突き立て、ゆっくりと合掌した。

4

新車展示場は明るかった。

派手な幟《のぼり》がはためいている。日新自動車の蒲田販売所だ。ＪＲ蒲田駅から七、八百メートル離れていた。

客の姿は見当たらない。

朽木はガラス張りの販売所に足を向けた。

すると、建物の中で二人の男が何か言い争っていた。どちらも背広姿だ。片方は五十年配で、もうひとりは三十二、三歳だった。

五十絡《がら》みの男が朽木に気づき、口論相手に何か言った。三十代の男が体を反転させ、販売所から飛《と》び出してきた。

「いらっしゃいませ。どのようなお車をお探しでしょう？」

「こちらのディーラーの方ですね？」

「はい、そうです。わたし、販売担当の林力《はやしつとむ》と申します」

「そうですか。実は『ペガサス』の購入を考えてるんですが、ちょっと気になることがありましてね」

朽木は、もっともらしく言った。

「気になることとおっしゃいますと?」

「去年の十一月末に池上の交差点で『ペガサス』が貨物トラックと衝突して、女性ドライバーと助手席の幼児が死亡しましたよね?」

「ああ、はい。それが何か?」

「『ペガサス』は大衆車として、燃費のよさと低価格を売りものにしてるが、造りがしっかりしてるかどうかが気になってね」

「その点は、どうかご安心ください。お客さまがおっしゃられた事故のドライバーは『ペガサス』にお乗りになっていたわけですが、別に車に問題があったわけではございません。警察は、事故原因は単純な運転ミスと発表しています」

「そうなのか。それは知らなかったな。何か車に欠陥があって、事故を誘発《ゆうはつ》したのかもしれないと思ってたんですよ。ほら、何年か前に日新自動車さんのワンボックスカーのスライドドアに欠陥があって、七千数百台のリコールをしたでしょ?」

「確かに、そうしたことがございました。あのことを教訓にして、わが社は欠陥車を一台も出さないことをスローガンにし、日々、努力を重ねてきました。おかげさまで、それ以来、当社の車は一台もリコールしておりません」

「そうなの」

「ですから、どうかご安心ください。お好みの色は？」

「オフブラックがいいな」

「それでしたら、ちょうど展示中です。どうぞこちらに」

林と名乗った男がそう言い、案内に立った。朽木は林に従った。

オフブラックの『ペガサス』は、展示場の中ほどにあった。林が手早く運転席のドアを開け、ルームランプを点《つ》けた。

「どうぞ腰かけてみてください」

「それじゃ、ちょっと……」

朽木は運転席に乗り込んで、ステアリングを軽く握った。

「いかがでしょう？」

「思ってたよりも車内は広いな。サスペンションも悪くなさそうだ」

「ありがとうございます。下取りの車は？」

「下取り車はないんですよ。昔乗ってたポンコツのＢＭＷは廃車にしちゃったんでね」

「そうですか。いまなら、キャンペーン中ですから、五万円引きになります。ご試乗もできますよ」

「それは、今度にしましょう。でも、ほぼ買うつもりです」

「ぜひ、お近いうちにお越しください」

林がそう言って、自分の名刺を差し出した。朽木は名刺を受け取り、ありふれた姓を騙《かた》った。

「佐藤《さとう》さまですね？　下のお名前も教えていただけますか？」

「正《ただし》です」

「お名刺をいただけますか？」

「あいにく持ち合わせてないんですよ。一週間以内には来るつもりです」

「お待ちしております」

林が深々と頭を下げた。朽木は『ペガサス』から出て、いったん販売所から遠ざかった。あと数分で、午後七時になる。

朽木は数百メートル歩き、暗がりでゆったりと紫煙《しえん》をくゆらせた。それから彼は、ゆっくりとディーラーに戻った。物陰に身を潜《ひそ》め、ガラス張りの販売所の様子をうかがう。林は、ふたたび五十年配の男と諍《いさか》っていた。

相手が何か喚《わめ》いて、机の上を拳《こぶし》で打ち据《す》えた。林が相手に走り寄って、突き倒した。五十絡みの男は体をくの字に折りながら、仰向《あおむ》けに引っ繰《く》り返った。

林が両手を腰に当て、何か大声で罵《ののし》った。年嵩《としかさ》の男が半身を起こし、林の両脚を掬《すく》い上げる動きを見せた。

林が後方に退《さ》がった。次の瞬間、彼は右足を飛ばした。

強烈な前蹴りが相手の胸板を直撃する。

蹴られた男は横倒れに転がり、四肢《しし》を縮めた。

林が狼狽した様子で自分の机に走り寄り、黒革のビジネス鞄を摑み上げた。そのまま彼は外に走り出てきた。

朽木は小走りに林を追った。ほどなく林は脇道に走り入り、さらに何度か路地を折れ、駅前通りにある居酒屋の中に消えた。

朽木は店の外にたたずみ、五分ほど時間を遣《や》り過ごした。それから、居酒屋の中を覗《のぞ》き込んだ。

右側にカウンターがあり、左側にテーブルが三卓並んでいる。林はカウンターの奥で、焼酎《しょうちゅう》のロックを傾けていた。店内には、六、七人の客がいた。

朽木は店内に入った。さりげなく林に近づく。気配で、林が顔を上げた。

「あっ、あなたは⁉」

「さっきはどうも！」

朽木は林のかたわらに腰を落とし、ビールと焼鳥セットを注文した。

「お客さんも、この店の常連さんとは知りませんでしたよ」

「この店に入ったのは初めてです。林さんを追ってきたんです」

「えっ、どういうことなんです⁉」

「いったん帰る振りをして、販売所に戻ったんですよ。あなたとじっくり話をしたいと思ったもんですから。林さんは、喧嘩《けんかな》馴れしてるんですね。かつては非行少年《ヤンキー》だったのかな？」

「唐突《とうとつ》に何を言い出すんです？」

林が警戒する顔つきになった。

「蹴りを入れた相手は、須崎とかいう所長さんでしょ？」

「えっ」

「物陰から見てたんですよ。蹴られた相手が一一〇番したら、あなたは傷害罪で逮捕されることになるな」

「佐藤さんでしたよね？　おたくは何者なんです？」

「その名は偽名です。本名は朽木といいます」

「刑事さん？」

「いいえ、東京地検の者です」

朽木は正体を明かしながら、グラスに手酌《てじゃく》でビールを注《つ》いだ。突き出しの小鉢には、粒貝《つぶがい》が入っていた。

「わたし、法律違反をした覚えはありませんよ」

「これまでは、その通りかもしれない。しかし、あなたが暴力をふるったことは確かです」

「須崎所長がこのわたしを無能扱いしたんで、つい腹を立ててしまったんですよ」

「やっぱり、所長でしたか。ところで、林さんは西郷知佳さんに『ペガサス』を売りましたね？」

「西郷知佳さんですか？」

「ええ、そうです。去年の十一月末に池上の交差点で愛息と一緒に事故死した主婦ですよ。知らないとは言わせない。こっちは林さんが『ペガサス』を売ったことまで調べ上げてるんですから」

「その女性に『ペガサス』を売ったこと、いま思い出しました。それがどうしたというんですっ」

林が喧嘩腰に言って、キャビンに火を点けた。

「警察は単なる運転ミスによる衝突事故と処理してしまったが、事実はどうなんです？」

「何か含んでるものがあるような言い方だな」

「遺族の話によると、西郷知佳さんは『ペガサス』を購入して間もなく、ブレーキの調子が悪いと洩《も》らしてたそうです」

「まるで日新自動車がユーザーに欠陥車を売りつけたとでも言いたげですね」

「そうだったんじゃないんですか？」

「なんの恨みがあって、そんな言いがかりをつけるんです！」

「気色《けしき》ばまないで、ま、聞いてください。池上の事故について、あるプロの交通事故鑑定人は最初はブレーキ関係の欠陥によるものだと断定したんですよ」

「そ、そんなばかな⁉」

「ブレーキワイヤー固定金具の溶接が不適切だったんで、ペダルを踏んでもブレーキが利かなかったという鑑定だったんでしょう。日新自動車に限らず、欠陥車を一台も製造しなかったメーカーは一社もないはずです」

「ええ、それはね。トミタ自動車も東都《とうと》自動車も過去にリコールをしてますからね。日新自動車も数年前には、ワンボックスカーのスライドドアの加工ミスで……」

「そうでしたね。セダンだけじゃなく、トラックやバスのメーカーも欠陥車を送り出してしまった。ダンプカーのサスペンション部分が折れたために車体が横転して、運転手が死んだケースがありました。大型トレーラーからプロペラシャフトが脱落して、制御不能になった車が信号待ち中の五台の乗用車に次々に追突した事故もあったな」

「ええ」

「クラッチ系統の欠陥によって起こった人身事故も数多い。三友《さんゆう》ふそうトラックは、この春に新たな欠陥が四十件以上も見つかり、違法な闇改修《やみかいしゅう》を百十数件も施《ほどこ》してたことが判明した。そうした企業不正が明らかになって、三友ふそうトラックは社長の交代にまで話が発展した。林さんも、当然、そのことはご存じですよね？」

「それは知ってますよ」

「日新自動車は数年前にワンボックスカーのドア部分の欠陥でリコール騒ぎを起こしてるから、もう同じミスは繰り返せない。しかし、また欠陥車を出してしまった場合はどう対処するのか」

「…………」

「欠陥車で経営危機に陥《おちい》ることを避けたいとなったら、会社ぐるみのリコール隠ししかないんじゃないのかな？　林さん、どう思われます？」

朽木は問いかけ、ビールを呷《あお》った。グラスをカウンターに戻したとき、注文した焼鳥セットが運ばれてきた。

「臆測《おくそく》で物を言うのは問題だな。うちの会社が『ペガサス』のリコール隠しをしたという証拠でもあるんですか？」

「まだ証拠は押さえてません。しかし、その疑いはあります。さきほど話した交通事故鑑定人が再調査の結果、欠陥による事故だという説を全面否定してるんですよ。つまり、西郷知佳さんの運転ミスによる衝突事故だったというわけです」

「自分の鑑定ミスに気づいたってことでしょう？」

林が言いながら、短くなった煙草の火を灰皿の底で消した。

「人間だから、誰だって過《あやま》ちはあるでしょう。しかし、プロが基本的なミスをするとは考えにくい。というよりも、あまりにも不自然でしょうが？」

「わたしは別にそうは思わないな。そういうこともあるでしょ？」

「そうですかね？　こっちは、どうしても不自然さを感じてしまうんですよ。これは推測なんですが、交通事故鑑定人に外部からの圧力がかかったんじゃないのかな？」

「たとえば？」

「日新自動車寄りの誰かが、金をちらつかせて事実を歪《ゆが》めさせたとか。だとしたら、日新自動車の『ペガサス』に欠陥があって、そのリコールを会社ぐるみで隠そうとしたんでしょうね」

「一台や二台の欠陥車をこっそり回収して、手早く修理することは可能でしょう。しかし、車の生産ラインは機械化されてるんです。ハンドメイドじゃないわけだから、欠陥車は千台単位で出てしまうでしょう」

「でしょうね」

「欠陥車を買ってしまったユーザーが独身者ばかりということはあり得ない。それぞれに家族がいるわけだから、欠陥部分についてユーザーの何倍もの数の人間が知ることになります。何万人もの人間の口に戸は立てられないでしょ？」

「それはどうかな。何百万もの人間の口を塞《ふさ》ぐことは無理だろうが、数万人なら、黙らせることは可能なんじゃないだろうか」

「無理ですよ」

「人間は金品に弱い。欠陥車を掴まされたユーザーがメーカーから購入代金の半分でも返却されたら、リコールの件は口外しなくなるんじゃないですかね？　もちろん、その場合はユーザーは身内にも口止めをすると思います。そうなれば、リコール騒ぎは表沙汰にはならずに済むでしょ？」

「そう事がうまく運ぶかどうか」

「ま、そうですね。ところで、須崎という所長は林さんを警察に引き渡す気でいるんだろうか」

「所長は個人的にはわたしに腹を立ててるでしょうけど、出世欲が強いから、日新自動車の社名に傷がつくようなことはしないと思いますよ」

「そうですかね。でも、林さんはもう職場に居づらいでしょう？　所長をぶっ飛ばしてしまったわけですから」

「おたくは、わたしを警察に売ると脅してるのかっ」

「そういうわけじゃありません。もう日新自動車と縁を切る気でいるなら、頑《かたく》なに忠誠心を示すこともないだろうと言いたいだけです」

朽木は焼鳥の串《くし》をくわえた。

林は考える顔つきになったが、何も言わなかった。

「日新自動車に入社されたのは？」

「大学を出た年ですから、もう丸十年が経《た》ちました」

「そうですか。十年も世話になった会社を裏切るわけにはいかないか。しかし、よく考えてみてください。もしも『ペガサス』のブレーキ部分に欠陥があったんだとしたら、日新自動車は間接的に西郷知佳母子を殺したことになるんですよ。ほかにも欠陥車による交通事故が発生してるかもしれない。愛社精神も大切だろうが、人間としての務《つと》めもあるでしょ？」

「蒲田販売所に『ペガサス』の欠陥の苦情は一件もありませんでした。わたし自身も、ブレーキ部分に欠陥があったなんてことはいままで知りませんでしたよ。嘘じゃありません」

「そうですか」

「ただ、本社勤務の同期入社の男が飲み会のときに会社が欠陥車のリコール隠しをしてるかもしれないと洩《も》らしたことはあります。そいつ、具体的なことは喋りませんでしたけどね」

「その欠陥車が『ペガサス』なら、こっちの疑惑の説明がつくな。その同期の方のお名前は？」

「それは勘弁してくださいよ。わたし自身は本気で職場を去る気でいますが、本社勤めの同期の男はこの先もずっと日新自動車で働かなければならないんです。わたしと違って、そいつは一児のパパですからね。絶対に迷惑はかけられませんよ」

「麗《うるわ》しい友情物語だな」

　朽木は少し言葉に皮肉を含ませた。さきほど目撃した林の暴力行為を警察に通報すると脅しをかければ、本社勤務の同期生の名を吐かせることはできるだろう。しかし、自分は検事だ。やくざっぽい手段を用《もち》いるわけにはいかない。捜査は常に合法でなければならない。

「わたしの暴力沙汰に目をつぶれないと言うんでしたら、どうぞ警察に連絡してください。逃げも隠れもしません」

「傷害ぐらいは男の勲章《くんしょう》ってわけですか？」

「そんな子供っぽいことは言いませんよ。勤め人を辞める気で上司をぶっ飛ばしたら、先のことはもうどうでもよくなってしまったんです」

「生きてれば、いろんなことがあります。その程度のことで、何も人生を棄《す》てることはないでしょ？　あなたを警察に売ったりしませんよ」

「そうですか。礼を言います。お先に失礼させてもらいます」

　林は自分の勘定を払うと、静かに店を出ていった。

朽木はコップにビールを満たし、また焼鳥を頰張《ほおば》った。それから間《ま》もなく、検察事務官の滝沢から電話がかかってきた。

「検事、『ぺガサス』のブレーキワイヤー金具の溶接に不備があったことは間違いありませんよ」

「一般の整備工場にパソコンで問い合わせてみたんだな？」

「ええ、そうです。都内五カ所の整備工場が『ぺガサス』のブレーキ部分を一台ずつ修理してました。修理依頼者の氏名と住所は探《さぐ》り出せませんでしたけど、同じ部分に欠陥があったことは明らかになったわけです」

「滝沢君、ご苦労さん！　今夜は、もう塒《ねぐら》に引き揚《あ》げてくれ」

「検事のほうは、どうでした？」

「少し手がかりを摑んだよ。それは明日、職場で教える」

朽木は通話を打ち切り、コップに手を伸ばした。

第二章　交通事故鑑定人

1

桃色の歯ブラシは乾いたままだ。

昨夜、恋人の深雪はとうとう訪れて来なかった。事件の取材が深夜に及び、彼女は自分のワンルームマンションに帰ったのだろう。

朽木は洗面所で歯を磨《みが》いている最中だった。

午前八時数分前だ。少し前にラスクを齧《かじ》って、牛乳を飲んでいた。いつも朝食は簡単に済ませている。

深雪が泊まった翌朝だけは、まともな朝食にありつける。彼女はあり合わせの食材で手早く朝餉《あさげ》の用意をしてくれる。キャリアウーマンタイプの女性は、一般に料理下手と思われているようだ。

しかし、深雪は料理上手である。レパートリーも多く、味つけも文句ない。

朽木は時々、深雪と一緒に暮らしたら、快適な生活ができるにちがいないと思う。

それでも、彼女と同棲《どうせい》したいとは考えない。

それぞれ生活のリズムが異《こと》なるし、完全無欠な人間などいない。一緒に寝起きするようになれば、相手の短所も見えてくるだろう。もちろん、自分の欠点も晒《さら》すことになる。

恋人たちは、ある種の緊張感を保《たも》っているべきではないのか。新鮮さが薄れたら、互いに何らかの失望感や幻滅《げんめつ》を味わうことになる。それは哀《かな》しいことだ。

愛《いと》しい相手とはつかず離れずという関係が理想的なのではないか。朽木だけではなく、深雪も同じ考えのようだ。

自分たちは十年先も結婚していないかもしれない。男と女がすぐにくっついたり離れたりしている世の中だが、自分らのようなカップルがいてもいい気がする。

朽木は口を濯《ゆす》いだ。

洗面台を離れたとき、玄関のドアに何か物がぶつけられた。朽木は玄関ホールに走り、ドアスコープに片目を寄せた。

歩廊《ほろう》に人の姿はなかった。

朽木はシリンダー錠を起こし、スチールのドアを押し開けた。足許《あしもと》に目をやったとたん、身が竦《すく》みそうになった。

歩廊には、首を切断されたハムスターが転がっていた。切断面の血糊《ちのり》は、すでに凝固《ぎょうこ》している。

何かの警告のつもりらしい。

検事は犯罪者たちに逆恨《さかうら》みされることがある。朽木は名古屋地検勤務時代、ストーカー行為で取り調べた陰気な中学校教師に女性のパンティーを大量に送りつけられたことがあった。どれも犯人がつきまとっていたOLの自宅から盗み出した下着だった。過去に接触のあった犯罪被疑者の幼稚な厭《いや》がらせなのだろう。何人か疑わしい人物の顔が脳裏に浮かんだが、ひとりに絞り込むことはできなかった。

「ハムスターには、なんの罪もないのに……」

朽木はダイニングキッチンに向かい、半透明のポリエチレン袋を手に取った。すぐに部屋の外に出て、血塗《まみ》れのハムスターの死骸《しがい》をポリエチレン袋でくるんだ。直《じか》に触《ふ》れることはためらわれた。

朽木は袋の口を固く結び、小動物の死骸を始末した。始末といっても、ごみ出し用の大きなポリ袋に投げ込んだにすぎない。

朽木は手を洗い、ネクタイを締めた。グレイの上着を羽織《はお》って、部屋を出る。いつものように最寄《もよ》りの自由が丘駅に急いだ。

住宅街の新緑が眩《まばゆ》い。朽木は梅雨《つゆ》入り前のこの季節が最も好きだった。何か心ときめくようなことが起こりそうで、毎日が愉《たの》しくなる。といっても、これまでは素敵なことは一度も起こっていない。

徒歩五、六分で、最寄り駅に着いた。

朽木は改札を抜け、東急東横線の上《のぼ》りホームに立った。そのとき、上着の内ポケットで携帯電話が身震いした。自宅マンションを出る前にマナーモードに切り替えておいたのだ。

朽木は携帯電話を摑み出した。

発信者は誰なのか。ディスプレイに目を落とす。非通知だった。

「どなたかな?」

「『ペガサス』は欠陥車じゃない」

相手の男の声は、ひどく聞き取りにくかった。口に何か含《ふく》んでいるのではなく、どうやらボイスチェンジャーを使っているらしい。年齢は判然としなかった。

「何者なんだ?」

「正体を明かすわけにはいかんな」

「ハムスターの死骸をわたしの部屋の前に置いたのは、あんただなっ」

「好きなように考えてくれ。おたくに忠告しておく。石岡夏季の告発状の内容は、でたらめもでたらめだ。真《ま》に受けて、日新自動車の周辺を嗅《か》ぎ回ったら、大恥をかくことになるぞ。それだけでは済まないはずだ。多分、おたくは東京地検にいられなくなるだろう」

「これは明らかに脅迫だな。れっきとした犯罪だ。あんたの正体も必ず暴《あば》いてやる」

朽木は告げた。

「熱血検事に憧《あこが》れるのは勝手だが、世の中の仕組みは複雑なんだ。青臭い正義感なんか通用せんぞ」

「さあ、それはどうかな？」

「負けん気が強いね。ま、いいさ。とにかく、告発状のことは忘れろ。いいな！」

脅迫者はそう凄《すご》み、唐突に電話を切った。

朽木は終了キーを押し、さりげなく周《まわ》りを見回した。脅迫電話の主がすぐ近くにいるような気がしたのだが、不審な人物は目に留《と》まらなかった。

少し待つと、北千住行きの日比谷線がホームに滑り込んできた。朽木は地下鉄電車に乗り込んだ。

まだラッシュアワーだった。乗客が多く、身動きもままならない。

中目黒駅で東急東横線に乗り換える人々がだいぶ下車した。朽木は吊《つ》り革に摑まることができた。

地下鉄電車が恵比寿駅を通過したとき、誰かに見られているような気がした。朽木は車内広告を眺める振りをしながら、車内をうかがった。

進行方向の前部に見覚えのある六十年配の男がいた。交通事故鑑定人の古宮克俊だった。登山帽を被《かぶ》っているが、古宮に間違いない。

交通事故鑑定人は、たまたま同じ車輛《しゃりょう》に乗り合わせただけなのか。あるいは、朽木の自宅マンションの近くに張り込んでいたのだろうか。後者だとしたら、古宮がマンションの歩廊にハムスターの死骸を置いたと考えられる。脅迫電話をかけてきたのも、交通事故鑑定人だろう。

古宮は、最初の鑑定では『ペガサス』のブレーキ部分に欠陥があったと指摘した。しかし、再鑑定では、それをはっきりと否定している。

やはり、日新自動車か全日本消費者ユニオンの坂口専務理事に抱き込まれたのか。

朽木は乗客の間を縫《ぬ》って、古宮に接近しはじめた。ほどなく古宮が前の車輛に移った。

気づかれてしまったのか。

朽木は足を速《はや》めた。そのすぐ後、地下鉄電車が広尾駅に停止した。

古宮は下車するかもしれない。

朽木は近くの乗降口からホームに降りた。爪先《つまさき》立って、ホームの人波を目で追う。

交通事故鑑定人の姿はなかった。まだ前の車輛の中にいるようだ。

朽木は急いで車内に戻った。

すぐにドアが閉まり、地下鉄電車が動きだした。朽木は前の車輛に移った。背伸びをして、前方を見る。

古宮は、どこにもいなかった。さらに前の車輛に逃げ込んだのか。

朽木は歩度《ほど》を速めながら、何気なくホームに視線を向けた。なんと古宮が急ぎ足で改札口に向かっていた。

やられた。古宮はドアが閉まる寸前に、ホームに飛び降りたのだろう。

朽木は歯嚙《はが》みした。腹立たしかったが、どうすることもできない。

そのまま地下鉄電車に揺られ、霞ヶ関駅で降りた。

職場に向かっていると、滝沢検察事務官から電話がかかってきた。

「検事、いま、どこにいらっしゃるんです？」

「合同庁舎の目の前を歩いてるとこだよ。何かあったのか？」

「数分前に例の告発状の主が朽木検事を訪ねてきたんです。昨夜《ゆうべ》、自宅マンションの集合郵便受けに何者かが首のないハムスターの死骸を投げ込んだとかで、とても怯《おび》えてるんですよ」

「今朝《けさ》、おれの部屋の前にもハムスターの死骸が……」

朽木は経過を手短に話した。脅迫電話があったことも告げた。

「告発者に首のないハムスターを届けたのも、交通事故鑑定人の古宮なんですかね？」

「そう考えてもいいだろう。滝沢君、石岡さんはどこにいるんだい？」

「三階のロビーだと人目につくんで、調べ室で待ってもらってるんです」

「わかった。すぐ行くよ」

「待ってます」

滝沢が通話を打ち切った。

朽木は携帯電話を懐に戻し、検察法務合同庁舎のエントランスロビーに走り入った。エレベーターで三階に上がり、いつも使っている調べ室に入る。

石岡夏季はパイプ椅子に浅く腰かけていた。警護の所轄署員たち用の椅子だ。

「きのうは不快な思いをされたようですね。ハムスターの死骸のこと、滝沢検察事務官から聞きました」

朽木は、夏季のそばにたたずんだ。夏季がハンドバッグの中からパーリーホワイトの携帯電話を取り出した。

「何かの役に立つかと思って、携帯のカメラで首なしハムスターを撮《と》っておいたんです」

「そうですか」

朽木はディスプレイを覗き込んだ。三〇五号室のメールボックスの奥に、ハムスターの死体が転がっていた。

「メールボックスの蓋《ふた》を開けたら、死骸が入ってたんで、わたし、思わず大声で叫んでしまいました」

「びっくりしたでしょうね？」

「はい。しばらく全身がわなわなと震えて止まりませんでした。死骸を片づけるときは、吐きそうにもなりました。だって、切断面があまりにも生々しかったから」

「マンションの居住者《きょじゅうしゃ》の誰かが犯人を目撃してなかったんだろうか」

「七階に住んでる主婦の方が前夜の七時半ごろ、一階ロビーに夕刊を取りに降りたとき、六十絡《がら》みの怪しい男が慌《あわ》てて集合郵便受けから離れるところを目撃したらしいんです」

「その不審者は、おそらく交通事故鑑定人の古宮克俊でしょう。わたしの部屋の前にも首のないハムスターの死骸が置かれ、古宮と思われる奴が脅迫電話をかけてきたんです」

「ほんとですか⁉」

　夏季が驚きの声を洩らした。

　朽木は脅された内容を詳しく喋《しゃべ》り、古宮に尾《つ》けられていたことも伝えた。

「ということは、古宮克俊は日新自動車か坂口に鼻薬を嗅がされて、故意に最初の鑑定を否定したんですね？」

「おおかた、そうだったんでしょう。『ペガサス』のブレーキ部分の欠陥に目をつぶったことが誰かに暴《あば》かれたら、古宮は交通事故鑑定人では喰《く》えなくなる。そうなることを恐れたんで、彼は石岡さんとわたしに警告を発したんでしょう。さらに内偵捜査を阻止《そし》したかったんで、わたしに脅迫電話をかけてきたんだろうな」

「検事さんに危害が加えられるようになったら、わたし、なんだか責任を感じてしまうわ。だからといって、裏取引をしたと思われる日新自動車と坂口のことを赦《ゆる》してしまったら、欠陥による事故で死傷した方々に申し訳ないし……」

「わたしのことは、心配ご無用です。まさか敵が検察官を殺すような真似《まね》はしないでしょう。検事には捜査権がありますし、場合によっては警察官を動かすこともできるんです。犯罪に関わる連中は、誰も捜査機関の人間に手を出したら、命取りというか、大損することは知ってますからね」

「このまま捜査を続行してもらってもいいのかしら？」

「仮にあなたがやめてほしいと言っても、こっちは尻尾《しっぽ》を巻いたりしません。法の番人が悪事に目をつぶったりしたら、もはや法治国家とは言えなくなってしまいますからね」

「それはその通りなんだけど、わたし、なんだか悪い予感がするの」

「大丈夫ですよ、わたしは。それよりも、石岡さんこそ気をつけてください。告発状の差出人があなたであることを敵は知ってるわけですから」

「ああ、そうね」

「古宮が保身のため、あなたに危害を加える可能性もあります。気をつけなければならないのは交通事故鑑定人だけじゃない」

「ええ、そうですね。日新自動車も坂口も告発状を東京地検刑事部に届けたのがわたしだと知ったら、何らかのリアクションを起こすでしょう」

「そうですね。双方とも石岡さんを殺害するようなことはしないだろうが、卑怯《ひきょう》な手段で、あなたを法廷の証言台に立たせないようにするかもしれない」

「日新自動車か坂口がチンピラたちを雇って、わたしを穢《けが》させるとか？」

「裏社会の連中なら、そういう手も使うかもしれませんね。しかし、大手自動車会社や元パトロンがそこまでは考えないと思います」

「なら、わたしを犯罪者に仕立てる気なのかな？」

「それは考えられそうですね。その気になれば、あなたを横領犯や万引きの犯人に仕立てることはできそうだ」

「横領犯ですって⁉」

「ええ。坂口は、全日本消費者ユニオンの専務理事を務めてるんです。以前、事務局で働いてた石岡さんが公金に手をつけていたという罪をフレームアップすることはたやすいはずだ。万引きの犯人にすることもできるでしょう。デパートかスーパーマーケットの保安員に小遣いを握らせて協力してもらえば、あなたを万引き犯にできるでしょうからね」

「怕《こわ》い話だわ」

「ええ、そうですね。しかし、リアリティーのある話だと思いますよ」

「そうかもしれませんね」

「それから、あなたをセックススキャンダルの主役にもできるかもしれない」

「あっ！」

夏季が口に手を当てた。その顔は、みるみる蒼《あお》ざめはじめた。

「石岡さん、どうされました？」

「どうしよう⁉」

「何か困ったことがあるんですね？」

「は、はい。わたし、坂口の愛人になりたてのころ、彼に変なことをやらされたことがあるんです」

「変なこと？」

「うわーっ、恥《は》ずかしい。とても口にできることじゃないんだけど、言ってしまいます。わたし、坂口のお腹の上に跨《また》がって、おしっこをさせられたことがあるの。お風呂場の洗い場でね」

「そう」

「そのとき、仰向けになった坂口はデジタルカメラを持ってたのよ」

「要するに、放尿シーンを動画撮影されてしまったわけですね？」

朽木は確かめた。夏季が顔を赤らめ、無言でうなずいた。

「その画像は消去されてないかもしれないんですか？」

「ええ、多分。わたし、すぐに消去してくれって頼んだんだけど、坂口はメモリーカードをどこかに隠してしまったの。まさか画像が第三者に観られることはないだろうと思ったんで、その後、坂口に確認もしなかったけど」

「その動画には当然、坂口の顔は映ってないわけですね？」

「ええ。わたしの顔と裸身が映ってるだけです。しかも、みっともない姿を撮《と》られてるわけですから、あの動画をインターネットで流すぞと脅されたら、わたし、坂口に逆《さか》らえなくなってしまうかもしれないわ。ああ、なんてばかなことをしてしまったんだろう」

「その動画のことを坂口が匂《にお》わせたら、こっそり音声を録音してください。そうすれば、こっちも切り札を手に入れたことになりますから」

「わかりました」

「そのほか不利になるような情事ビデオなんか撮ってませんね?」

「ええ」

「それなら、それほどびくつくことはないでしょう。とにかく、わたしは怪しい古宮の動きを探《さぐ》ってみます。彼をマークしてれば、何か新《あら》たな手がかりを得られるでしょう」

「乃木坂の億ションのことは、もう調べたんですか?」

「まだですが、登記所に行けば、『乃木坂アビタシオン』の九〇一号室の所有権者はすぐにわかるはずです」

「そうね。新しい彼女の名義になってるかもしれないわ」

「さあ、どうなんだろうな」

「そんなことはどうでもいいわ。もうわたしは坂口とは縁が切れたわけだから」

「誰かが脅迫めいたことを言ってきたら、すぐに教えてくださいね」

朽木は言った。夏季が大きくうなずき、パイプ椅子から立ち上がった。朽木は夏季を調べ室から送り出すと、自分の席についた。

「滝沢君、午後でいいから、法務局で『乃木坂アビタシオン』の九〇一号室の名義が誰になってるか調べてもらえるかい?」

「はい、やります」

「頼むな。その前に警察庁の大型コンピューターにアクセスして、交通事故鑑定人の古宮克俊に犯歴があるかどうかチェックしてみてくれないか。毎年五、六十人の現職警官が犯罪に走って、懲戒《ちょうかい》免職されてる時代だ。地味な交通警官だった古宮も、ひょっとしたら、何か前科《マエ》があるかもしれないからな」

「ええ、そうですね。すぐにアクセスしてみましょう」

滝沢がパソコンを起動させた。

朽木はアーム付きの回転椅子に深く凭《もた》れ、腕を組んだ。古宮は金の魔力に克《か》てなかったのか。それとも、何か後ろ暗い過去があるのだろうか。

「検事、古宮克俊にはまったく犯歴はありませんね」

滝沢がパソコンのディスプレイに目を当てながら、大声で告げた。

「そうか。なら、古宮は金の魔力に負けて、『ペガサス』の欠陥に目をつぶってしまったんだろう」

「ちょっと待ってください」

「滝沢君、どうした？」

「古宮の息子の昭如《あきゆき》が三年前に強盗未遂で上野署に現行犯逮捕されてますね。御徒町《おかちまち》の貴金属店に忍び込んだ瞬間に防犯装置に引っかかって、パトロール中の署員に取り押さえられたようです」

「起訴されたんだろ？」

「ええ、東京地裁で一年半の刑を受けてますね。しかし、初犯ということで、服役は免れてます。もう執行猶予も解《と》かれてますね」

「そう。おそらく古宮は息子の犯罪のことを坂口にちらつかされて、協力させられたんだろう」

「検事、日新自動車の顧問弁護士が古宮を脅した可能性もあるんじゃないですか？」

「そうだな」

朽木は言って、上着のポケットから煙草と簡易ライターを摑み出した。

2

青梅《おうめ》街道を右折した。

中野通りに入る。道なりに進めば、ＪＲ中野駅にぶつかるはずだ。

朽木は公用車の速度を落とした。旧型の黒塗りのクラウンだ。午前十時半を回ったばかりだった。

上着の内ポケットには、滝沢検察事務官から手渡された自動車整備工場のリストが入っている。三つの整備工場名が記《しる》してあった。いずれも、『ペガサス』のブレーキワイヤーの留具の溶接をし直しているはずだ。

数百メートル先の左側に、『堀越《ほりこし》モータース』の看板が見えた。

朽木は公用車を自動車整備工場の客用駐車場に入れた。すぐにカーキ色のつなぎを着た二十六、七歳の男が駆け寄ってきた。

朽木は運転席から出た。

「いらっしゃいませ。車検でしょうか？」

「いや、客じゃないんだ。わたしは東京地検の者なんだが、責任者の方にお目にかかりたいんですよ」

「ぼくの父親が社長なんですけど、いま、入院中なんです。それで、ぼくが工場を任されてるんですよ。任されてるといっても、ぼくのほかに従業員は二人しかいないんですけどね」

「そう。ちょっとした内偵捜査で動いてるんだが、おたくで『ペガサス』のブレーキワイヤーの留具の修理をしたお客さんがいるよね？」

「ええ、いますよ。そういえば、きのうも東京地検の検察事務官と名乗る方が同じことを問い合わせてきたな」

「その彼は、わたしとコンビを組んでる滝沢検察事務官です」

「そうだったのか」

「事務官の報告によると、車を修理した客の氏名や連絡先はどうしても教えられないという話だったが……」

「ええ、プライバシーの問題がありますんでね」

「こちらのお客さんには決して迷惑はかけないから、『ペガサス』の修理依頼した人物のことを教えてほしいんだ」

「困ったなあ。いったいなんの内偵捜査なんです?」

「そういう質問には答えてはいけないことになってるんだが、こっそり教えましょう。実は、日新自動車がリコール隠しをしてる疑いがあるんですよ」

「それが事実なら、とんでもない話だな。消費者を騙《だま》したことになるわけですからね」

相手が憤《いきどお》った。

「そうなんだよ。くどいようだが、この工場やお客さんに迷惑はかけないと約束する。だから、捜査に協力してもらいたいんだ」

「わかりました。『ペガサス』を持ち込んできたのは、駅前通りにある和菓子屋の店主です。屋号は『宝仙堂《ほうせんどう》』で、ご主人の名は市毛護《いちげまもる》さんです。お店の二代目で、三十五、六歳の方ですよ」

「そう。修理箇所は、事前にインスタントカメラかデジタルカメラで撮《と》っておくのかな?」

「そこまでやってる整備工場は多くないと思いますけど、うちはやってます。ぼくが市毛さんの車のブレーキワイヤー留具の部分をデジカメで撮ってから、修理に取りかかったんですよ」

「溶接の仕方が悪かったと思うが、どうだった?」

「ひどかったですね。ほとんど留具は溶接されてませんでしたよ。製造工程で、基本的な作業ミスがあったんでしょう。おそらくコンピューターの誤作動《ごさどう》に現場の人間が誰も気づかなかったんでしょうね。といっても、長い時間ではなかったでしょうが」

「それでも量産されてるわけだから、溶接不備の欠陥車が数百台、いや、数千台は出てしまったんだろうな」

「ええ、多分ね」

「市毛さんの車の修理前と修理後の画像はパソコンに取り込んであるんでしょ?」

「ええ」

「それを見せてもらえないだろうか」

朽木は頼み込んだ。工場主の倅《せがれ》は快諾《かいだく》し、朽木を事務所に導いた。

十二畳ほどの広さだった。スチールデスクが二卓置かれ、出入口の近くに安物のソファセットが据《す》えてあった。

オーバーオールを着た青年がデスクトップ型のパソコンの前に坐り、キーボードを操作しはじめた。朽木は彼の斜め後ろに立った。

待つほどもなく、画面に二つの画像が並べられた。修理前と修理後の拡大写真だった。

朽木は目を凝《こ》らした。

修理前の溶接部分は、素人目にも雑だ。ブレーキワイヤー留具の端だけしか溶接されていない。反対側の端は、固定されていなかった。

明らかに欠陥車だ。これでは、走行距離が五千キロに満たないうちに留具が外れてしまうだろう。

朽木はそう思いながら、修理後の留具部分を見た。溶接の仕方は完璧《かんぺき》だった。

「ひどいもんでしょ？」

「そうだね。欠陥のある『ペガサス』を買わされた市毛さんは販売所にブレーキの調子が変だと言って、点検してもらわなかったんだろうか」

「その点についてては何もおっしゃってませんでしたが、もう日新自動車の車は二度と買いたくないと言ってましたね」

「そうだろうね。いまディスプレイに映ってる画像をプリントアウトしてもらえると、とてもありがたいんだがな」

「いいですよ」

社長の息子は、すぐさま作業を開始した。

朽木はプリントアウトされたものを受け取り、事務所を出た。クラウンに乗り込み、駅前通りに向かった。

『宝仙堂』は造作なく見つかった。間口《まぐち》はあまり広くないが、しっとりとした落ち着きのある店構えだった。朽木は公用車を路肩《ろかた》に寄せ、和菓子屋に足を踏み入れた。

白い上《うわ》っぱりをTシャツの上に重ねた三十代半《なか》ばの男が店番をしていた。

朽木は身分を明かし、市毛護に取り次《つ》いでほしいと申し入れた。

「わたしが当人です。ご用件は？」

「ここに来る前に、自動車整備工場に寄ってきたんですよ。あなたは、『ペガサス』を修理に出されましたね？」

「ええ。新車を購入したのに、なんかブレーキの具合がよくなかったんです。それで、修理に出したわけです」

「修理してもらったのは、この部分ですね？」

市毛が目を細めてからプリントアウトを見た。近眼なのだろう。

「ええ、そうです」

「ブレーキの調子がよくないことに気づいたとき、日新自動車の販売所に点検してもらわなかったんですか？」

「もちろん、購入先の高円寺販売所に行きましたよ。担当の販売員はわたしを助手席に坐らせ、数キロ試乗したんですが、どこにも異状はないと明言しました」

「部位の細かい点検は断られてしまったんですね？」

「ええ、そうなんです。それで、仕方なく一般の自動車整備工場に車を持ち込んだんですよ」

「そうですか」

「日新自動車は、欠陥のある『ペガサス』を売ってたんですか？」

「その疑いはありますね」

「欠陥車は一台や二台じゃなかったんでしょ？」

「まだ正確な数は把握《はあく》してませんが、少なくとも数千台はあるでしょうね」

「それだけ多いんだったら、リコールの通知が届いてもよさそうだがな」

「日新自動車は数年前にもスライドドアに不備のあるワンボックスカーを七千数百台も売って、リコール騒ぎを起こしてます」

「そういえば、そんなことがあったな。また、リコール騒ぎを起こしたら、日新自動車の業績は悪くなってしまう。だから、会社ぐるみでリコール隠しをした。そういうことなんですね？」

「断定はできませんが、その疑いは拭《ぬぐ》い切れないと思います」

「日新自動車は汚い商売をしてるんだな」

「そうみたいですね。ご協力、ありがとうございました」

朽木は謝意を表し、『宝仙堂』を出た。

クラウンに戻り、青梅街道に引き返す。新宿を抜け、四谷の自動車整備工場に急いだ。

目的の整備工場は三栄町《さんえい》にあった。四谷税務署の裏手にある工場は、割に大きかった。

朽木は同じ方法で、欠陥車を摑まされたユーザーの氏名を探《さぐ》りだした。その生命保険外交員は近くの舟町《ふなまち》の賃貸マンション住まいらしかったが、あいにく自宅にはいなかった。

朽木は公用車を裏通りに駐《と》め、五十歳の生保レディーの携帯電話を鳴らした。ナンバーは、整備工場の主任から聞き出したのである。

電話が繫《つな》がった。

「向坂逸子《さきさかいつこ》さんですね、第三生命に勤務されてる」

「ええ、そうです」

「わたし、東京地検刑事部の朽木という検察官です。ちょっと確認させてください。あなたは愛車の『ペガサス』を三栄町の的場《まとば》モータースに持ち込みましたね？」

「はい、ブレーキの利き方が甘かったもんですから」

「お車は、どちらでお求めになったんですか？」

「住吉町《すみよしちょう》にある日新自動車市谷販売所ですけど」

「そうですか。調子のよくない『ペガサス』を販売所に持ち込まれなかったんですか？」

「持ち込みましたよ、もちろん！　でもね、どこも悪くないの一点張りで、まったく相手にしてもらえなかったの。だから、やむなく『的場モータース』さんでブレーキワイヤー留具の溶接をし直してもらったんですよ。修理代は三万八千円と高くはなかったんだけど、わたし、どうしても日新自動車の対応の仕方が納得できなかったの」

「それで、どうされたんです？」

　朽木は促《うなが》した。

「『的場モータース』さんの請求書と領収証を持って、市谷販売所に乗り込んだの。担当販売員の内藤学《ないとうまなぶ》って男性に修理のことを告げて、文句を言ってやったんですよ」

「先方はどんな反応を示しました」

「内藤さんはひどく焦《あせ》った感じで、所長のとこに走っていったわ。二人はひそひそ話をしてから、三十万円の入った封筒を差し出したの。修理代と詫《わ》び料だと言ってたわ。たまたまわたしが買った『ペガサス』のブレーキワイヤーの留具の溶接が甘かっただけで、大きな欠陥ではないと所長がしきりに言い訳してました」

「そうですか」

「修理代の十倍近いお金をすぐ包む気になったんだから、彼らは欠陥部分のことは知ってたんだと思う。そして、一種の口止め料のつもりで三十万を用意したんじゃない？　わたしは、そう思ってるの。それから、欠陥のある『ペガサス』は何百台、何千台とあると直感したわ」

向坂逸子が言った。

「所長は、修理の件は他言しないでほしいと言いました？」

「ええ、何回も言ったわ。所長だけじゃなく、内藤さんもね」

「それなら、『ペガサス』の欠陥車のかなりの数を売ってしまったことを知ってるんだろうな」

「そうよ、絶対に。それで、うるさいことを言ってきたユーザーにはこっそりリコールに応じて、さらに口止め料を渡したんじゃないのかな。だって、リコールのことを隠しておかなかったら、日新自動車は経営が傾いちゃうかもしれないでしょ？」

「そうですね。参考になるお話をありがとうございました」

朽木は電話を切ると、公用車を発進させた。外苑東《がいえんひがし》通りに出て、曙橋《あけぼのばし》から住吉町に回り込む。

日新自動車市谷販売所を探し当てたのは、およそ十五分後だった。オフィス街の外れにあった。

朽木はクラウンを販売所の少し先に駐《と》めて、引き返した。展示中の新車を見て回っていると、営業所の建物の中から四十歳前後の男が現われた。体格がよく、上背《うわぜい》もあった。

「どの車も、すぐに試乗できます。よろしかったら、一台ずつ乗り心地をご自分で確かめてみてください」

「せっかくだが、客じゃないんだ。実は、こういう者です」

朽木は身分証明書を呈示した。

「検察官の方が、なぜ、ここに来られたんでしょう?」

「内藤さんにお目にかかりたいんですよ」

「わたしが内藤です」

「そうでしたか。こちらの販売所で『ペガサス』をお買いになった向坂逸子さんのことは憶《おぼ》えてらっしゃるでしょ? 第三生命に勤務されてる向坂さんのことです」

「ええ、存じ上げてます。向坂さんがどうかなさったんですか?」

「この販売所は、向坂さんの車の修理代を肩代わりしてますよね? 的場モータースで、彼女は『ペガサス』のブレーキワイヤー留具の溶接をやり直してもらった。修理代金は三万八千円だった」

「…………」

内藤が伏し目になった。

「なぜか、そちらは向坂さんに三十万円も払ってる。修理代に大きく上乗せしたのは、欠陥がある車を販売してしまった事実を表沙汰にされたくなかったからなのかな？」

「な、何をおっしゃるんですっ。『ペガサス』は欠陥車なんかじゃありませんよ。リーズナブルな大衆車だから、ユーザーの人気を集めたんです。発売半年ちょっとで、三十万台以上も売れたんです。欠陥がある車がそんなに売れますか？」

「ユーザーは、ブレーキワイヤー留具に不備があるとは知らなかったからでしょ？」

「何を根拠にそんなことを言うんだ！　あなたが検事さんだからって、そうしたことを軽々しく口にするのは問題だな。場合によっては、裁判沙汰になりますよ」

「言葉に配慮が足りなかったかもしれません。それはそれとして、向坂さんに三十万円も渡したことはどう説明されます？　欠陥のことを口外されたくなかったんで、ちょいと鼻薬を嗅《か》がせたと受け取られても仕方ないんじゃありませんか？」

「ブレーキワイヤー留具にはなんの欠陥もなかった。しかし、向坂さんのペダルの踏み方が乱暴だったんで、溶接部分が弱くなってしまった。そういうことですよ。ただですね、こちらとしては向坂さんに修理のことをあちこちで触れ回られると、企業イメージに傷がつきます。そんなわけで、そのあたりのことをお含みいただきたかっただけですよ。別に欠陥隠しを企《たくら》んだわけじゃない」

「そこまで言い張るんでしたら、これを見ていただきましょうか」

朽木は上着の内ポケットから、四つ折りにした紙片を抓《つま》み出した。『堀越モータース』で、プリントアウトしてもらったものだ。画像部分は少し不鮮明だが、修理前と後の違いははっきりとわかる。

「この車の持ち主は、中野区に住んでます。ブレーキワイヤー部分の溶接に問題があったんで、近所の自動車整備工場で直してもらったんです。そのとき、工場の者がデジタルカメラで修理部分を撮影したんですよ。見ておわかりの通り、左側の画像が修理前のものです。溶接が不備であることは、素人のわたしにも一目瞭然《いちもくりようぜん》です。向坂さんの車も、同じ箇所に問題があった。留具部分に欠陥があったことを認めたら、どうなんですかっ」

「二台の同じ箇所が偶然、荒っぽい使い方によって、通常よりも早く傷《いた》んでしまったんだと思いますよ」

内藤の額には、脂汗《あぶらあせ》がにじんでいた。

「去年の十一月末には、池上で『ペガサス』に乗った母子が事故死してるんだ。現場にはスリップ痕がまったくなかったことから、ブレーキに異状があったと推察できるんです」

「だからといって、『ペガサス』に欠陥があったとは断定できないでしょ？」

「あなたと話をしてても、埒《らち》が明かない。所長に会うことにしよう」

「所長はいません。本社の会議に出てるんですよ。嘘だと思うんだったら、営業所の中を隅々《すみずみ》まで検《しら》べればいいでしょ！　営業事務の女性しかいませんよ」

「いったん引き揚げることにします」

朽木は内藤に背を向け、大股《おおまた》で販売所を出た。

公用車に乗り込み、今度は江東区清澄《きよすみ》二丁目にある自動車整備工場に向かう。滝沢のリストによると、深川の材木商の妻がその工場で愛車のブレーキワイヤー留具部分の修理をしているはずだ。

目的の修理工場に着いたのは午後一時過ぎだった。

休業らしく、工場のシャッターは下《お》りていた。しかし、看板を塗り変えているペンキ屋の姿が目に留まった。中年男だった。

朽木は公用車から降り、ペンキ屋に近づいた。

「工場のオーナーが変わったんですか？」

「いや、同じだよ。でもね、来週から日新自動車の指定整備工場になるんだってさ。ここの菊川《きくかわ》社長は抜け目のない男だから、何か日新自動車の弱みにつけ込んで、指定工場にしてもらったんじゃないの？　半分は冗談だけどね」

「『菊川モータース』の社長の自宅は、この近くにあるんですか?」

「錦糸町《きんしちょう》駅のそばに江東橋《こうとうばし》って町があるんだけど、知ってるかい?」

ペンキ屋が振り返った。

「町名には聞き覚えがありますよ。菊川社長は何丁目にお住まいなんです?」

「確か二丁目二十×番地だった。鉄骨造りの三階建ての家だよ」

「そうですか。行ってみます」

「おたく、何屋さんなの?」

「公務員です」

朽木はクラウンに駆け寄り、すぐさまエンジンを始動させた。

清洲橋《きよすばし》通りを短く走り、扇橋《おうぎばし》二丁目交差点を左折し、錦糸町駅方面に進んだ。

やがて、『菊川モータース』の社長の自宅を見つけた。だが、留守だった。

そのうち帰ってくるかもしれない。朽木は少し先の蕎麦《そば》屋に公用車を横づけし、店内に入った。腹が空いていた。

朽木は隅のテーブルにつき、天《てん》せいろと親子丼を注文した。

遅い昼食を摂《と》り終え、ゆったりと一服しはじめた。ふた口ほど喫《す》ったとき、懐で携帯電話が振動した。

朽木は手早く携帯電話を摑み出し、発信者を確かめた。滝沢からの電話だった。

「ご苦労さん！　登記所に行ってくれたかい？」

「いま、登記簿を閲覧《えつらん》し終えたところです。例の億ションの九〇一号室の所有権者は坂口自身になってました」

「そう。登記された日は？」

「今年の二月二十三日になってました」

「抵当権は、どうだった？」

「まったく設定されてませんでした。ということは、坂口専務理事は物件を一括《いっかつ》払いで購入したことになります」

「そうだな。その購入資金は、日新自動車から流れてるんだろう」

「ええ、おそらくね。検事、何か収穫はありました」

「ああ、あったよ」

　朽木は経過をかいつまんで話した。

「それだけの事実と証言を得られたんだったら、『ペガサス』のブレーキワイヤー留具に不備があったことは間違いありませんよ」

「そうだな。しかし、告発の相手は坂口だけじゃないんだ。大手自動車会社とも闘うことになるわけだから、慎重にならないとな」

「そうですね。念には念を入れたほうがいいかもしれません」

「ああ。夕方まで菊川社長が帰宅しないようだったら、おれは虎ノ門の古宮の事務所に回る」

「わかりました。それでは、ぼくは霞が関に戻ってます」

「そうしてくれないか」

朽木は電話を切り、長くなった煙草の灰を指先ではたき落とした。

3

待った甲斐《かい》があった。

朽木はそう思いながら、公用車から降りた。クラウンは三階建ての菊川家の前に駐《と》めてあった。

『菊川モータース』の社長と思われる五十年配の男が門扉《もんぴ》を開けて、ポーチに進みかけていた。午後三時過ぎだった。

「失礼ですが、菊川さんですね？」

朽木は声をかけた。男が立ち止まって、ゆっくりと振り返った。

「ええ、菊川吾郎《ごろう》です。あなたは？」

「東京地検の朽木といいます。内偵捜査にご協力願いたいんですよ」

「どういうことなのかな」

菊川が呟《つぶや》きながら、門扉の所まで引き返してきた。

「『菊川モータース』さんで『ペガサス』の修理をされた客がいますよね？」

「さあ、どうだったかな。おかげさまで、うちは割に忙しいんですよ」

「もう調べはついてるんです。『ペガサス』のブレーキワイヤー留具の修理をしてるはずです」

「言われて、いま、思い出しましたよ。深川に住んでる山谷晴子《やまやはるこ》という材木屋の若奥さんに頼まれて、留具の溶接をしたことがあったな」

「それは、いつごろのことです？」

「今年の一月の下旬だったと思います」

「菊川さん、持ち込まれた『ペガサス』の留具部分を見て、何か直感的に感じられたことがおありなんではありませんか？」

「直感的？」

「ええ、そうです。もっと具体的に言いましょう。留具の溶接に不備があることを感じ取られたはずです」

「どうして、そんなふうに決めつけるんです？」

「あなたは長年の経験で、『ペガサス』のブレーキワイヤー留具に欠陥があることを見抜いて、そのことを日新自動車に直談判《じかだんぱん》した。違いますか？」

「わたし、そんなことしてませんよ」

「正直に答えてほしいな。近々、『菊川モータース』は、日新自動車の指定整備工場になるようですね？」

「ええ、まあ」

「失礼ながら、あなたが経営されてる『菊川モータース』は、いわゆる町の自動車整備工場です。そういう工場を大手自動車会社が自社の指定整備工場にするケースは稀《まれ》なことでしょう？」

「そうかもしれませんね。しかし、指定工場の話は先方さんから持ちかけられたんです。地道に商売をしてきたんで、それで信用されたんでしょう。ありがたい話です」

「あなた個人をどうこうする気はないんですよ。だから、警戒心は捨ててほしいな」

「そう言われてもね」

「あなたは『ペガサス』のブレーキワイヤー留具の部分が欠陥だと日新自動車にストレートに言ったんでしょ？」

「わたしが事実を喋っても、法的なお咎めはないと約束してもらえます？」

「ええ」

朽木は大きくうなずいた。

「あなたがおっしゃった通り、山谷さんの『ペガサス』のブレーキワイヤー留具の溶接不備は製造工程で起こったミスだと直感しました。で、わたし、日新自動車本社に電話をしたんですよ。一部上場企業が欠陥のある車を平気で売ってることに義憤《ぎふん》めいた怒りを覚えたんです」

「相手はどんな反応を見せました？」

「総務部の部長が電話口に出てきたんですが、最初は言いがかりだと強く主張しましたね。話がずっと平行線だったんで、わたし、欠陥のことを自動車関係の業界紙に教えると言ったんです」

「そうしたら、相手の態度が急に変わった？」

「ええ、その通りです。下條《しもじょう》という総務部長は急に猫撫《ねこな》で声になって、わたしの名と自宅の住所を教えてくれと言いました」

「で、あなたは教えたんですね？」

「ええ。そうしたら、下條部長は数日後に自宅を訪れて来たんです。手土産《てみやげ》の菓子折りには、百万円入りの封筒が添えられていました。そして、下條部長はわたしの工場を日新自動車の指定整備工場にしてもいいと言ったんですよ。ただし、『ペガサス』の欠陥車が持ち込まれたときは修理をせずに、すぐさまユーザーの氏名と連絡先を教えてくれと言ったんです」

「それだけですか？」

「いいえ。ほかにも……」

菊川が言い澱《よど》んだ。

「ほかにも？」

「はい。日新自動車の車が一台もわたしの工場に持ち込まれなくても毎月、五十万ずつ向こう十年間は払うと言ったんです」

「一年間に六百万、十年で六千万円の口止め料を払うってことか」

「わたし自身が金を請求したわけじゃありません。先方がそう言ったんです。だから、わたしが恐喝したってことにはならないでしょ？」

「法的な解釈は微妙ですが、あなたが月々五十万円を受け取って『ペガサス』の欠陥に目をつぶってしまったら、恐喝罪が成立すると思います」

「えっ、そうなんですか⁉」

「もう日新自動車の総務部長に銀行口座番号を教えてしまったんですか？」

「は、はい。ただ、まだ一円も振り込まれてはいませんけどね。金は受け取らないほうがいいんだろうな」

「そのほうがいいでしょう」

「わかりました。指定整備工場の看板も外すことにします」

「そのほうがいいですね」

朽木は言って、菊川に背を向けた。

クラウンに乗り込み、千代田区内にある日新自動車本社に急ぐ。

およそ三十分後に目的の会社に着いた。朽木は公用車を地下二階の来客用駐車場に入れ、エレベーターで一階の受付ロビーに上がった。

受付カウンターに歩み寄る。朽木は身分を明かし、下條総務部長に面会を求めた。

「それで、ご用件は？」

若い受付嬢が緊張した表情で訊《き》いた。

「ちょっと捜査に協力してもらいたいことがあるんですよ」

「下條部長、何か法律に触《ふ》れるようなことをしたんですか？」

「そういうわけじゃないんだ」

朽木は笑顔で応じた。

受付嬢が曖昧《あいまい》に笑って、クリーム色の内線用電話の受話器を摑み上げた。朽木は少しカウンターから離れた。

一分足らずで、受付嬢は受話器をフックに戻した。

「下條はすぐに参ります。あちらの応接ソファでお待ちいただけますか？」

「わかりました。ありがとう」

朽木は礼を述べ、受付カウンターの斜め前に置かれた応接ソファに足を向けた。ホテルのロビーに似たたたずまいで、壁にはシャガールの絵画が掲《かか》げてある。まさか複製画ではないだろう。

朽木はソファに腰かけた。

二分ほど待つと、エレベーターホールの方から五十二、三歳の男が急ぎ足でやってきた。総務部長の下條明雄《あきお》だった。朽木は立ち上がって、身分証明書を呈示した。

「検事さんにお目にかかるのは初めてだな。テレビのサスペンスドラマに出てくる検察官は何回も見てますがね。どうぞお掛けください」

「はい」

二人は、ほぼ同時にソファに坐った。

下條部長は脚《あし》を組むと、縁《ふち》なし眼鏡《めがね》のフレームをこころもち持ち上げた。指は妙に生白かった。若いころから力仕事をしたことは一度もないにちがいない。

「『菊川モータース』の社長とは面識がありますね?」

朽木は切り出し、下條の顔を正視した。

下條の表情にかすかに狼狽《ろうばい》の色が浮かんだ。しかし、ほんの一瞬だった。すぐに平静な顔つきになった。

「菊川吾郎さんのことですね?」

「そうです。菊川さんが『ペガサス』の欠陥のことで、こちらの会社に電話をしてきたとき、下條さんが応対されたとか？」

「検事さんは彼にお会いになったんですね？」

「こちらに来る前に、菊川さんの自宅を訪ねました」

「そうでしたか」

「菊川さんが指摘した欠陥部分というのは、ブレーキワイヤーの留具のことですね？溶接が不備だったとか？」

「菊川さんは、そういうクレームをつけてきましたが、それは単なる言いがかりなんですよ。『ペガサス』には、欠陥なんかありません」

「下條さんの言う通りだとしたら、ちょっと妙だな」

「何がです？」

「わたしは『菊川モータース』の工場にも行ってみたんです。ちょうどペンキ屋が、日新自動車指定整備工場と記《しる》された看板を塗装中でした」

「えっ」

「『菊川モータース』を指定工場にしたことは確かなんですね？」

「脅されて、指定工場と名乗ることを認めざるを得なくなってしまったんです。菊川さんは、業界紙に『ペガサス』のブレーキワイヤー留具に欠陥があったとリークすると脅迫したんです。欠陥なんかなかったんですが、そういう中傷でも企業イメージに傷がついてしまうでしょ？」

「菊川さんの話と微妙に喰い違うな。菊川さんは日新自動車側が進んで指定工場の話を持ちかけてきたと言ってましたがね」

「それは菊川さんの脅しに屈《くっ》してしまったからですよ。ちょっとした中傷やデマでも、企業イメージが汚れてしまうんです。ですから、腹立たしく思いながらも、菊川さんの要求を呑《の》まざるを得なかったわけです」

「要求？」

「菊川さんは百万円の一時金のほかに毎月五十万円ずつ向こう十年間払わなければ、業界紙に欠陥のことをリークすると脅しをかけてきたんです」

「しかし、欠陥なんかどこにもなかったんでしょ？」

「ええ、そうです」

「だったら、堂々と理不尽《りふじん》な要求なんか突っ撥《ぱ》ねればいいと思うがな」

「そうなんですが、やはり、企業イメージは大事です。中傷でも揉《も》み消さないと、後でボディーブロウのように効《き》いてきますんでね」

「それを避《さ》けるためなら、年間六百万円の無駄金を十年間払うことも仕方がないというわけか」

「もちろん、腹が立ちましたよ。理不尽な要求を呑まされるわけですからね。しかし、何よりも企業イメージが大切なんです。商法改正で表向きは総会屋や業界ゴロの数は減ってますが、いまも寄生虫はたくさんいるんです」

「ですが、相手は堅気の自動車整備屋です。総額で六千万もくれてやるなんて、少々、気前がよすぎるんじゃないのかな？」

朽木は言葉に節《ふし》をつけて言った。

「検事さんは、うちの会社が『ペガサス』の欠陥を隠そうとしてるとでも言いたいようですね」

「そうは言ってませんが、ブレーキワイヤー留具に不備があったことを裏付けるような証言もあることはあるんです」

「どこの誰がそんなことを言ってるんです？」

「捜査上の秘密は明かせませんが、ほかにも疑惑的な点が幾つかあるんです」

「数年前、ワンボックスカーのドア部分に欠陥があって、リコール騒ぎを起こしたことはありましたよ。だからといって、また欠陥車を売ったと疑ってかかるのは、いかがなものでしょう？」

「おかしな疑いを持たれたくなかったら、『菊川モータース』の社長を告訴すべきですね。下條さんの話が事実なら、日新自動車が敗訴することはあり得ません」

「欠陥の有無《うむ》を巡《めぐ》る裁判を起こしただけで、わが社のイメージダウンになってしまいます。ですんで、そういうこともできないんですよ」

「それでは、このまま『菊川モータース』の社長の言いなりになるおつもりなんですか？」

「癪《しゃく》な話だが、仕方ありません」

下條が長嘆息《ちょうたんそく》した。

菊川の言いなりになるのは、中傷を恐れているからだけではなさそうだ。『ペガサス』の欠陥をひた隠しにしたいからにちがいない。

朽木は確信を深めた。

「検事さんは、菊川吾郎の恐喝を立件されるおつもりなんですか？」

「そうだとしたら？」

「それはやめていただきたいですね。菊川にみすみす月に五十万円もくれてやるのは業腹《ごうはら》ですが、それで企業イメージを傷つけずに済むなら、安いものです」

「日新自動車さんがそう思ってるんだったら、立件は難しそうだな。話は飛びますが、下條さんは全日本消費者ユニオンの坂口専務理事のことはご存じでしょ？」

「何かの件で、一度だけお目にかかったことがありますね。坂口さんがどうだと言うんです？」

「坂口さんがある交通事故のことを調べてたことは知ってます？」

「いいえ、知りません」

「その交通事故は去年の十一月末に起きたんですが、愛息と一緒に亡くなった主婦は『ペガサス』を運転してたんですよ。大田区の千鳥に住んでた西郷知佳という方です。助手席で死んだ息子は、稔という名でした」

「何がおっしゃりたいのかな？」

「亡くなった主婦の父親が全日本消費者ユニオンの坂口さんに『ペガサス』が欠陥車だったのかもしれないと訴えて、事故の鑑定をしてもらったんですよ」

「それで？」

「坂口専務理事が雇った交通事故鑑定人の古宮克俊という方は最初の鑑定で、『ペガサス』のブレーキワイヤー留具の溶接不備による事故と断定したんです。しかし、その後、元交通警官の古宮さんは再鑑定では、事故原因は運転ミスだったと訂正してるんです」

「そうですか」

「坂口専務理事は日新自動車を糾弾する気でいたようですが、再鑑定後は音なしの構えなんですよ」

「それは、うちの会社の『ペガサス』に何も欠陥がないことを知ったからでしょう」

「そうとも考えられますが、ちょっと気になることもありましてね」

「それは、どんなことなんです？」

下條が問いかけてきた。

「坂口専務理事は一月と二月に築地と紀尾井町の料亭で、日新自動車の顧問弁護士の手塚清氏と会食してるんですよ」

「そんなことがあったんですか」

「欠陥車を告発する気でいた消費者運動家が、日新自動車の番犬とも言える大物弁護士と密《ひそ》かに会ってた。となれば、二人の間に何か裏取引があったのではないかと勘繰《かんぐ》りたくなるでしょ？」

「検事さんの口ぶりだと、まるで『ペガサス』のブレーキワイヤー留具に欠陥があったような感じだな」

「そう考える者がいても、別段、不思議ではないでしょ？　言ってみれば、敵同士が仲よく会食してるわけですからね。何か密談があったと思いたくもなりますよ」

「密談があったとしても、それは日新自動車とは関係がないことなんじゃないのかな。手塚先生はうちのほかに数十社の一流企業と顧問契約をされてますし、坂口氏にしても嚙みついてる企業は日新自動車だけじゃなかったはずです」

「ええ、確かにね。しかし、坂口さんが雇った交通事故鑑定人の古宮氏が再鑑定では百八十度違う断定をしてるんです。何十年も交通警官をやった古宮氏が鑑定を大きく誤るのは、いかにも不自然でしょ？　そうは思いませんか？」

「そういうこともあるでしょう。どんな人間にも、過《あやま》ちはありますから」

「まあ、それはね。しかし、もうひとつ気になることがあるんですよ」

「どんなことなんです？」

「坂口専務理事は手塚弁護士と料亭で会ってから、乃木坂の超高級マンションを即金で買ってるんですよ。分譲価格は一億数千万円です」

「だから、なんだとおっしゃりたいんです？」

「仮に坂口さんが『ペガサス』の欠陥やリコール隠しに目をつぶったとしたら、億単位の金を手にできるのではないかと考えてみたんですよ」

「日新自動車が欠陥のある『ペガサス』をユーザーに売りつけ、そのリコールをこっそりやってると疑ってるんですね？」

「ええ、まあ。部長職に就《つ》かれてる方が会社を内部告発するのは勇気がいるでしょうが、わたしの推測が正しかったら、黙ってうなずいてもらえませんか。言葉を発する必要はありません」

「きみは自分が何を喋ってるのか、ちゃんと頭で理解してるのかっ。確たる証拠もないのに、よくそんな無礼なことが言えるね！」

「怒らせてしまったようだな」

朽木は苦く笑った。

「きみは、検事である自分を特別な人間だと思ってるんじゃないのか？　そうだとしたら、それは思い上がりってもんだぞ。検察官や裁判官になるのは大変だろうが、きみらはパブリック・サーバントなんだ。国民の税金で喰わせてもらってる若造が偉そうな口を利くんじゃない」

「下條さん、冷静になってくださいよ」

「うるさい！　不愉快だっ」

下條が声を張り、勢いよく立ち上がった。そのまま彼はエレベーターホールに急いだ。

まだ心理合戦の勉強が足りないようだ。

朽木は肩を竦《すく》め、おもむろに腰を浮かせた。

4

尾行されているようだ。

朽木は少し減速した。日新自動車本社を後《あと》にしてから、ずっと黒いシーマが追尾《ついび》してくる。一定の車間距離を保《たも》っていて、不用意には近づいてこない。

公用車は日比谷通りを走行中だった。

どこかで、尾行者の正体を突きとめよう。

朽木は、クラウンのスピードを少しずつ上げはじめた。ルームミラーを仰《あお》ぐと、シーマは依然として追走してくる。

朽木は道なりに車を走らせ、増上寺《ぞうじょうじ》を大きく回り込んだ。クラウンを芝公園の際《きわ》に駐車し、ごく自然に外に出た。

視界の端にシーマが映っていたが、視線は向けなかった。朽木は芝公園に足を踏み入れると、駆け足で植え込みの中に走り入った。灌木《かんぼく》の中に屈《かが》み込み、遊歩道に目を向ける。

まだ陽《ひ》は沈みきっていない。残照で割に明るかった。

少し経《た》つと、園内に見覚えのある五十男が駆け込んできた。日新自動車の下條総務部長だった。

こちらの動きが気になるということは、『ペガサス』に欠陥部分があったからなのだろう。

朽木は、そう思った。

下條は左右の樹木を透《す》かして見ながら、遊歩道を進んだ。引き返してきたのは、七、八分後だった。園内のどこにも朽木の姿がないことを確認し、シーマの中で待つ気になったのだろう。

予測は外れなかった。下條は急ぎ足で芝公園を出た。

朽木は植え込みから出て、出入口まで走った。

すでに下條はシーマの中にいた。朽木は出入口のそばの太い常緑樹の幹《みき》に寄りかかって時間を遣《や》り過ごした。

夕闇が漂《ただよ》いはじめたころ、下條がシーマを発進させた。朽木は少し間《ま》を取ってから、公園の外に走り出た。

シーマは、だいぶ遠ざかっていた。公用車で尾《つ》けたら、じきに覚《さと》られてしまうだろう。

朽木は車道に降り、通りかかったタクシーの空車を拾った。

「前の黒いシーマを追ってほしいんですよ」

「調査会社の方ですか？」

四十代半《なか》ばに見える運転手が問いかけてきた。

「いや、そうじゃないんだ」

「それなら、刑事さんなんでしょ？　シーマを運転してる奴は、いったい何をやらかしたんです？」

「いいから、黙って追尾してくれないか」

　朽木は苛立《いらだ》ちを隠さなかった。タクシードライバーは気圧《けお》された様子だった。慌《あわ》てて車を走らせはじめた。

　シーマは飯倉片町《いいぐらかたまち》方面に進み、やがて六本木に向かった。タクシーは巧《たく》みに追尾しつづけた。

「尾行には馴《な》れてるみたいですね」

　朽木は言った。

「ふうーっ、よかった！」

「よかった？」

「ええ。お客さんを怒らせてしまったんじゃないかと冷や冷やしてたんですよ。お客さんが会社にクレームをつけたら、解雇されるかもしれないと不安だったんです。わたし、タクシーの運転手になって、まだ七カ月目なんですよ。売上がよくないんで、そのうちクビを切られるかもしれないな」

「前の仕事は？」

「ある探偵社に勤めてました。もっぱら浮気調査をしてたんです」

「だから、尾行馴《な》れしてたんですね」

「ええ、まあ。仕事そのものは面白かったんですけど、所長がお客さんにひどい水増し請求ばかりしてるんで、厭気《いやけ》がさして辞めちゃったんですよ」

「そう」

「すべての探偵社があこぎな商売をしてるわけじゃないでしょうけど、わたしがいた会社は浮気の証拠を摑むのに一日しか要《よう》してないのに、一週間とか十日調査したことにしてたんですよ。調査員の数も倍以上に増やして、八十万も百万も請求してたんです」

「そういう話はよく聞くな」

「水増し請求だけなら、我慢できたのかもしれません。でもね、所長は客が少ない月は強請《ゆすり》をやってたんです」

「不倫カップルを脅してたのかな？」

「そうなんですよ。お金をせびるだけじゃなく、所長は妻子持ちに惚《ほ》れた独身女性の体まで弄《もてあそ》んでたんです」

「悪い奴だな」

「わたしもそう感じました。いくら何でもやりすぎですよね？　そんな下劣《げれつ》な男の下で働いてる自分が情《なさ》けなくなって、わたし、辞表を書いたんです」

「カッコいいな」

「お客さん、からかわないでくださいよ」

「からかったわけじゃないんだ。本当にカッコいいと思ったんですよ。最近は、気骨《きこつ》のある男が少なくなったでしょ？」

「確かに、そうですね。昔は侠気《おとこぎ》があって、粋《いき》な男たちがいましたけどねえ。ずっと景気が冷え込んだままだから、男たちも誇りや自尊心を保《たも》てなくなってるんですかね？」

「そうなのかもしれないな。しかし、男が損得だけを考えて生きてるようじゃ、もうおしまいですよ」

「ま、その通りなんでしょうけど、人間は喰《く》っていかなきゃならないですからね」

運転手が苦笑混《ま》じりに言った。

朽木は自分の稚《おさな》さを笑われたような気がして、顔を赤らめてしまった。そのくせ、内心では一生、青っぽさを忘れたくないと考えていた。

大人になると、どうしても打算や思惑《おもわく》が絡《から》んでくる。それでも意地を通し、プライドを護《まも》り抜く。社会的地位や富など得られなくても、男のダンディズムを貫《つらぬ》き通すことが一流の生き方ではないのか。

時代遅れかもしれないが、朽木は本気でそう考えていた。権力や権威には一切媚《いっさいこ》びることなく、心のおもむくままに生きる。他人の憂《うれ》いや悲しみは敏感に感じ取り、さりげなく優しさを示す。

しかし、そんなふうに生きることは容易ではない。だからこそ、朽木はそうした生き方に強く憧《あこが》れていた。

人間の価値は、その生き方で決まる。どんな逆境にあっても、醜《みにく》い真似《まね》だけはしたくない。常にそのことだけは自分に戒《いまし》めていた。

「シーマの目的地が近づいたみたいですよ」

タクシードライバーが言った。

いつしかタクシーは、六本木ヒルズの前に差しかかっていた。数台の車を挟《はさ》んでシーマは低速で走っている。左のターンランプが明滅していた。

ほどなく下條の車は左折し、モダンな造りのビルの前で停まった。

「ここで降ります」

朽木は乗車料金を払って、タクシーから出た。もちろん、釣り銭とレシートを貰うことは忘れなかった。職務でタクシーを利用した場合、レシートを受け取ることが義務づけられていた。

下條がシーマを路肩《ろかた》いっぱいに寄せてから、十一階建てのビルの中に消えた。すでに表は暗かった。

朽木はゆっくりと洒落《しゃれ》たビルに近寄り、真っ先にテナントプレートを見た。

すると、十階に手塚清法律事務所があった。総務部長の下條は会社に東京地検の検事が訪ねてきたことを顧問弁護士に報告するつもりなのだろう。

かなり焦《あせ》っているように見受けられた。やはり、『ペガサス』の中に数百台か数千台の欠陥車があったのだろう。そして、リコールが密かに行われたと思われる。

朽木はビルの中に足を踏み入れた。

下條の姿は見当たらない。もう手塚弁護士の事務所にいるのだろう。

朽木はエレベーターを使って、十階に上がった。手塚清法律事務所は、なんとワンフロアを使っていた。

オフィスは広く、居候弁護士も五人以上はいそうだ。朽木はエレベーターホールから、手塚のオフィスの前まで歩いた。

立ち止まったとき、頭上の監視カメラに気づいた。長く留《とど》まっていたら、怪しまれる。朽木は階《フロア》を間違えた振りをしながら、大急ぎで函《ケージ》に乗り込んだ。一階まで下《くだ》り、シーマの見える暗がりにたたずむ。

数秒後、上着の内ポケットの中で携帯電話が振動した。発信者は滝沢だった。

「検事、何か危険な目に遭《あ》われませんでしたか？」

「いや、別に。そっちで何かあったようだな？」

「そうなんですよ。朽木検事宛の小包が届いたんですが、中身は時限爆破物だったんです」

「で、誰かが怪我をしたのか？」

「幸いにも、怪我人は出ませんでした。小包は検事の机の上で爆発したんですが、周《まわ》りに人はいなかったんですよ」

「それは、不幸中の幸いだったね。それで、爆発の規模は？」

「机の上の書類が爆風で吹き飛んだ程度でした。火薬量は少なかったようだから、警告のつもりだったんでしょう」

「差出人名は？」

「富士山太郎《ふじさんたろう》とふざけた氏名が記《しる》されてました。住所もでたらめでした。所番地《ところばんち》を思い出しながら、すぐに調べてみたんです。しかし、該当者はいませんでした」

「そうか。滝沢君、消印は？」

「中央郵便局のスタンプ印がありました。伝え遅れましたけど、ぼくが小包を受け取ったんです。燃え残った物は、科学捜査研究所に回しておきました。荒次長にそうしろと指示されたんです」

「そうか。きみが小包を抱えてるときに爆発しなかったんで、ひと安心したよ。滝沢君の手の指が千切《ちぎ》れたら、償《つぐな》いようがないからな」

朽木は言った。

「別に検事が責任を感じることはありませんよ。仮にぼくの指が吹っ飛ばされてても、それは単に運が悪かっただけです」

「泣かせる台詞《せりふ》だな。おれは、いい相棒に恵まれたよ」

「ぼくも、朽木検事に仕《つか》えることができてよかったと思ってます。検事は、少年のようにまっすぐな方だから」

「誉《ほ》め言葉のつもりなんだろうが、ガキすぎるって言われてるような気もするな」

「けなしたと思われてるんだったら、心外だな。ぼくは、心から朽木検事をリスペクトしてるんですから」

「そんな言葉は使わないでくれよ。おれと滝沢君は、たったの二歳しか違わないんだからさ」

「年齢は関係ないですよ。相手が年下だって、尊敬できる者はいますからね」

「それはそうだが……」

「検事、その後の動きはいかがです？」

滝沢が訊いた。朽木は問いかけに答え、電話を先に切った。

首を切断したハムスターを送りつけてきた人物が手製の爆発物をこしらえたのだろうか。それは、交通事故鑑定人の古宮なのか。その疑いは濃いが、まだ断定はできない。

十分ほど過ぎたころ、今度は荒次長から電話があった。

「危険な小包がきみ宛に届いたことは、もう滝沢君から聞いたかな？」

「さきほど電話で報告を受けました」

「そうか。犯人の見当は？」

「見当は、まだついてません」

朽木は古宮を怪しみながらも、上司にはそう答えた。検事が勘だけで、他人を犯罪者扱いするわけにはいかない。

「ほかにも何か厭《いや》がらせをされたり、脅迫されたようなことがあったんじゃないのかね？」

荒次長が心配そうに問いかけてきた。

朽木は少し迷ってから、ハムスターの死骸と脅迫電話のことを話した。

「そんなことがあったのか。なぜ、もっと早く報告しなかったんだ？」

「どちらも、警告のサインだと思ったからです」

「正体不明の敵を甘く見てると、取り返しのつかないことになるぞ。内偵捜査の経過報告は極力《きょくりょく》、小まめにするように」

「はい」

「それで、何か手がかりは摑めたのかね？」

荒が畳みかけてきた。朽木は、これまでに得た手がかりをつぶさに語った。

「事実の断片を繫ぎ合わせると、『ペガサス』のブレーキワイヤー留具に欠陥があったことは間違いないね。それから、会社ぐるみでリコール隠しをした疑いも濃いな」

「ええ」

「問題は、全日本消費者ユニオンの坂口専務理事が欠陥問題で日新自動車を追い込むつもりでいたのに、先方に抱き込まれたかどうかだな」

「億ションの購入、それから古宮の再鑑定結果の不自然さを考えると、坂口たち二人が強力な鼻薬を嗅がされて、『ペガサス』の欠陥とリコール隠しに目をつぶったと推測できます」

「そうだね。しかし、まだ確証を摑んだわけじゃない。朽木君、内偵捜査を続行し、証拠固めを急いでくれ」

荒次長が通話を切り上げた。

朽木は携帯電話を懐に戻し、セブンスターに火を点けた。それから二時間近く張り込んでみたが、下條がシーマに戻ってくる気配はうかがえない。

張り込みを切り上げて、交通事故鑑定人をマークすることにした。

朽木は六本木通りまで歩き、タクシーを拾った。タクシーで芝公園に引き返し、公用車のクラウンに乗り込む。虎ノ門までは、ひと走りだった。

古宮の事務所の窓から電灯の光が零《こぼ》れていた。朽木は近くのコンビニエンスストアでサンドイッチとパック入りアイスコーヒーを買い求めてから、公用車を路上に停めた。鉄骨階段を見通せる場所だった。

朽木は車の中でサンドイッチを頬張りながら、張り込みはじめた。

数十分が経過したころ、見覚えのある中年女性が古宮の事務所を訪れた。全日本消費者ユニオンの事務局で働いている女性職員だった。彼女は馴《な》れた様子で、古宮の事務所の中に入っていった。

どういうことなのか。四十代の女性職員は坂口専務理事の使いとして、古宮のオフィスを訪ねたのか。それとも、二人は個人的なつき合いがあるのだろうか。

朽木は携帯電話を使って、石岡夏季に連絡を取った。

「その後、不審なことは?」

「別にありません」

「そう。電話したのは、ちょっと教えてもらいたいことがあったからなんです。全日本消費者ユニオンの事務局で、四十代の女性が働いてるでしょ? ちょっと冷たい感じの女性です」

「畔上翠《あぜがみみどり》さんのことね。彼女がどうかしたんですか?」

「実はいま、交通事故鑑定人の古宮克俊の事務所の斜め前で張り込んでるんだが、畔上という女性職員が少し前にオフィスに入っていったんです。彼女は、坂口専務理事の秘書のような仕事をしてるのかな?」

「いいえ。畔上さんは、ただの事務職員ですよ」

「そう。畔上翠と古宮が仕事上で接触することは？」

「それはありませんでしたけど、たまに古宮さんは事務局に顔を出してましたから、彼女と面識はあったはずです」

「二人が何かをきっかけにして、男女の仲になったとは？」

「考えられなくはないと思います。畔上さんは自分が四十代ということもあって、五、六十代の男性に関心を寄せてましたんで」

「そう。参考になりました。ありがとう」

「いいえ、どういたしまして。それはそうと、その後、捜査に進展は？」

夏季が訊いた。朽木は差し障《さわ》りのない範囲で捜査状況を伝え、携帯電話の終了キーを押し込んだ。

古宮は息子の昭如の強盗未遂の件だけではなく、翠との関係を坂口にちらつかされて、池上の交通事故の鑑定を曲げざるを得なくなったのか。その可能性はありそうだ。

古宮の事務所の照明が消えたのは、午後九時数分前だった。

朽木は鉄骨階段を注視した。少し待つと、古宮と翠がステップを降りてきた。どちらも表情は穏《おだ》やかだった。

二人は階段を下《くだ》りきると、腕を組んで歩きだした。親密な間柄であることは間違いない。

古宮たちは、クラウンとは逆方向に歩いている。表通りで、タクシーを拾う気なのかもしれない。

朽木は公用車をUターンさせた。

ちょうどそのとき、小豆色《あずきいろ》のワゴン車がクラウンの脇を走り抜けていった。かなりのスピードだった。

ワゴン車が古宮たち二人の少し先に急停止した。後部座席から二人の男が降り、古宮たちに走り寄った。ともに黒いスポーツキャップを目深《まぶか》に被《かぶ》っていた。遠くて、人相はよくわからない。

片方の男が翠を突き倒した。

翠は仰向けに引っくり返った。もうひとりの男が、古宮の鳩尾《みぞおち》のあたりに当て身を見舞った。古宮が前屈《まえかが》みになって、暴漢に凭《もた》れかかった。

朽木は公用車のホーンを高く響かせた。

二人組はぐったりとした古宮をワゴン車の中に押し入れると、自分たちもリアシートに乗り込んだ。ワゴン車が急発進した。

朽木はアクセルを踏み込んだ。

ヘッドライトをハイビームに切り替える。ワゴン車のナンバープレートの数字は、黒いビニールテープでそっくり覆《おお》い隠されていた。

「誰か救《たす》けて！　一一〇番してください」

翠が舗道で半身を起こし、大声を張り上げている。

朽木はクラウンを翠の近くに停め、すぐに外に出た。

「古宮さんを拉致《らち》した二人組に見覚えは？」

「ありません。あっ、あなたは東京地検の検事さんね」

翠が驚きの声を発し、弾《はじ》かれたように立ち上がった。

「怪我は？」

「無傷よ。それより、あなたがなんで虎ノ門にいるの⁉」

「古宮さんをマークしてたんですよ」

「どうして？」

「その質問に答える前に、ちょっと確認させてください。あなたと古宮さんは、もう他人じゃないんでしょ？」

「ええ。わたし、彼の後妻になることになってるの」

「そうでしたか」

「古宮さんが何か悪いことでもしたの？」

「坂口専務理事に何か弱みを握られて、交通事故の鑑定を故意に歪《ゆが》めた疑いがあるんですよ」

「そんなことはあり得ないわ。古宮さんは無器用だし、頑固な性格なの。それから、曲がったことが大嫌いなのよ。そんな男性《ひと》が脅しに屈《くっ》して、自分の鑑定をわざと曲げるわけないわ」

「あなたはそう思いたいでしょうが、古宮さんにも泣きどころがあるんです」

「泣きどころって、何よ？」

「昭如という息子が三年前に強盗容疑で上野署に検挙されてるんですよ。元交通警官にとって、倅《せがれ》のそうした不祥事は不名誉なことだろうし、泣きどころでもあるでしょ？」

「古宮さんの息子には、犯歴があったの⁉　そんな子がいる家には、わたし、入りたくない。古宮さんったら、ひどいわ。どうして早くそのことを教えてくれなかったのかしら？」

「言いづらいことですからね」

朽木は呟《つぶや》いた。

「わたしを後添《のちぞ》いにしてから、打ち明ければいいと思ってたのかな？　そうだとしたら、不愉快だわ」

「不愉快？」

「ええ、そうよ。何事にも言えることだけど、事後承諾《じごしょうだく》は相手を軽く見てるから、できるわけでしょ？　要するに、わたしは古宮さんになめられてたわけよね？　四十女を後妻にしてやるだけでもありがたく思えって気持ちがあるから、相手をなめてるのよ。古宮の奴、思い上がってるわ。いったい何様のつもりなの！」

「話をそこまで飛躍させなくても……」

「悔《くや》しいわ、とても。わたしって、なんでこんなに男運が悪いの？　誰か教えてちょうだい」

翠はその場に坐り込み、さめざめと泣きはじめた。

どう慰《なぐさ》めればいいのか。

朽木は夜空を仰《あお》ぎ見た。皮肉にも、満天の星だった。

第三章　裏取引の疑惑

1

気後《きおく》れしそうになった。

『ミラージュ』は、いかにも高級そうなクラブだった。店は、赤坂の田町《たまち》通りに面した飲食店ビルの六階にある。

坐っただけで、四、五万円は取られそうだ。

朽木は心細くなって、札入れの中身を確かめた。所持金は六万三千円だった。

坂口の新しい愛人の理沙と会って、どうしても探《さぐ》りを入れたい。小《こ》一時間で切り上げれば、手持ちの金で勘定は払えるだろう。

朽木は深呼吸してから、逆U字形の黒い扉《とびら》を開けた。金モールのあしらわれたドアは重厚だった。

「いらっしゃいませ」

黒服の男が素早く近づいてきて、営業スマイルを浮かべた。三十歳前後で、顔立ちは悪くない。だが、目に卑《いや》しさが出ている。

「ここは会員制の店なのかな？」

「五年前まではメンバーズだったのですが、いまはどなたでも大歓迎です」

「それじゃ、軽く飲ませてもらおうかな。その前に確認しておきたいんだが、今夜、理沙さんは店に出てるよね？」

「はい。理沙さんは店のナンバーワンですから、たとえ四十度の熱があっても、欠勤はさせません。いまのは冗談ですけど」

「わかってるさ」

「お客さまは、どなたから理沙さんのことを……」

「全日本消費者ユニオンの坂口専務理事が理沙さんに入れ揚げてるって話を知人から聞いたもんだから、ちょいと美人ホステスの顔を拝みに来たんだよ」

朽木は言い繕《つくろ》った。

「坂口さん、ご存じなんですか？」

「いや、面識はないんだ。ただ、写真で顔は知ってる」

「そうですか。なるべく早くお客さまのテーブルに理沙さんをつかせるつもりですけど、なにしろ彼女は指名が多いものですから、少しお待ちいただくことになると思いますが」

「それでもいいよ」

「ありがとうございます。申し遅れましたが、フロアマネージャーの沢村《さわむら》です」

「そう」

「ご案内します」

沢村と名乗った男が歩きだした。朽木は黒服の男に従った。

店内は仄暗《ほのぐら》かった。二十卓ほどのテーブルがゆったりと置かれ、三十人ほどのホステスが客に侍《はべ》っている。ほぼ満席だ。

客の大半は中高年の男だった。揃《そろ》って仕立てのよさそうな背広に身を包んでいる。一流企業の役員たちが多いのだろう。

導かれたのは、出入口に近い席だった。

朽木は壁面を背にしてソファに腰かけ、ビールを注文した。高そうな酒場では単価の安いビールを頼むに限る。

「理沙さんの体が空くまで、ほかの女性をお席につけますので」

沢村が申し訳なさそうに言い、テーブルから離れた。

朽木は煙草をくわえた。紫煙《しえん》をくゆらせながら、店内を眺め回す。自分のほかに、二、三十代の客はいない。そのせいか、なんとなく居心地が悪かった。

一服し終えたとき、酒が運ばれてきた。そのすぐ後、二十五、六歳のホステスがやってきた。丸顔で、ぽっちゃりとしている。

「初めまして、麻耶《まや》です」

「美人だね。息を呑《の》むほどの美しさだ」

「お上手ですね。麻耶は、この店では最低《ナンバーテン》と陰口をたたかれてるの。整形した鼻が崩れてきたんで、指名本数が激減しちゃったみたい」

「明るいんだな。あなたのようなタイプは好みだよ。愉《たの》しく飲もう」

朽木は目顔《めがお》で、ホステスに坐るよう促《うなが》した。麻耶が一礼し、向かい合う位置に腰かける。

「何か好きなものを飲んでよ」

「それでは、遠慮なくいただきますね」

「どうぞ、どうぞ」

朽木はグラスを傾けた。

麻耶がボーイを呼び、カクテルをオーダーした。朽木はオードブルを何も頼まなかったことに気づき、慌《あわ》ててスモークドサーモンを追加注文した。

「ここは、初めてみたいですね?」

「そうなんだよ。知人にいい店があるって教えられたんで、ちょっと覗いてみたんだ」

「お知り合いって、どなたかしら?」

「全日本消費者ユニオンの坂口専務理事と親しくしてる弁護士の手塚さんだよ」

「そういう名の弁護士さんは、ここには一度もいらっしゃったことがないと思うけど。もちろん、坂口さんは常連客のおひとりですけどね。もっとも最近は、あまりおいでになってないけど」

「どうしてなんだろう？」

「誰かさんのパトロンになったからでしょうね。そういう間柄になったら、男性は店には顔を出さないというのが夜の紳士たちのルールでしょ？」

「その誰かさんって、理沙さんのことだよね？」

「さあ、どうでしょう？」

「知り合いの話だと、坂口さんは理沙って愛人を乃木坂の高級マンションに住まわせてるらしいよ」

「そうなの。以前は広尾のマンションを借りてたはずなんですけど。ホステス同士は案外、プライベートなことは知らないんですよ」

「そんなもんかもしれないね。理沙さんは、どの席にいるのかな？」

「奥のリトグラフの掛かってる所の真下《ました》にいるのが理沙ちゃんよ」

麻耶が首を巡《めぐ》らせ、小声で告げた。

朽木は視線を延ばした。セクシーな美人を想像していたが、キュートな印象を与える。童顔で、肢体《したい》もほっそりとしていた。

男は年配になると、熟《う》れた女たちに飽《あ》きてしまうのだろうか。

朽木は、また水割りを啜《すす》った。

「理沙ちゃんみたいな娘《こ》はキャバクラ向きだと思ってたけど、入店一年ちょっとでナンバーワンになっちゃったの。まだあどけない顔してるけど、ベッドテクニックは熟女並なのかもしれないわね。あら、こんなことを言うと、彼女を妬《ねた》んでるみたいに聞こえそう」

「おれがリッチマンなら、麻耶ちゃんに貢《みつ》ぎまくるな」

「お客さん、嬉しいことを言ってくれるのね。わたし、子供のころから愛情に恵まれなかったから、男性にちょっと優しくされると、すぐ惚《ほ》れちゃうの。それで、何度も失敗してきたんです」

「子供のころに何があったんだい？」

「小三のとき、両親と兄が火事で焼死しちゃったんです。わたしはたまたま母の実家に泊まりに行ってたんで、難を免れたんですよ」

「火事で、独りぼっちになってしまったのか」

「そうなの。それからは、親類の家を数年ごとにたらい回しにされて、いっつも寂しい思いをしてたわね」

麻耶が哀《かな》しげに笑って、セーラムライトに火を点けた。そのとき、カクテルとオードブルが届けられた。

二人は軽くグラスを触《ふ》れ合わせた。

「ご迷惑じゃなかったら、後でお名刺をいただける？　初対面なのに、暗い生《お》い立《た》ちを明かしたのは何かを感じたからだと思うの」

「あいにく名刺は切らしてるんだ。佐藤《さとう》っていうんだ」

朽木は平凡な姓を騙《かた》った。

「下のお名前は？」

「正だよ」

「いい名前ね。わたしの本名は幸枝《さちえ》っていうの。でも、一度も幸せになったことはないのよね」

「生きてれば、いまに必ず幸せになれるよ。だから、腐《くさ》らないことだね」

「優しいのね、あなたって」

「普通だよ、おれは」

「その照れた顔、なんか素敵よ。ちょっと母性本能をくすぐられちゃうわ」

「なら、そのうち、おっぱいを吸わせてもらうかな」

「いいわよ、いつでも」

麻耶が陽気に応じ、カクテルに口をつけた。ピンクがかったカクテルだった。

二人は飲みながら、雑談を交わした。

席について五十分が流れたころ、黒服の沢村が歩み寄ってきた。理沙を伴《ともな》っている。

麻耶が心得顔で、理沙と入れ替わった。気のせいか、彼女の背は淋《さび》しげだった。

「理沙です。ご指名、ありがとうございます」

「売れっ子みたいだね。きみのことは、坂口専務理事の知り合いから聞いたんだ」

「なんで、ここで坂口さんのお名前が出てくるのかしら？」

「隠す必要はないじゃないか。きみと坂口さんの関係は知ってるんだから」

朽木は言って、理沙の好みの飲みものを訊《き》いた。理沙が小声で、沢村にカクテルの名を告げた。馴染《なじ》みのない名だった。

沢村が下がると、理沙が前屈《まえかが》みになった。

「あなた、坂口のパパのお知り合いなの？」

「いや、違うんだ。坂口さんとはお目にかかったことはないんだが、手塚弁護士のことはよく知ってるんだよ」

朽木はルアーを投げた。一種の誘導尋問だ。

理沙は、すぐには口を開かなかった。頭の中で、あれこれ思案しているのだろう。

「手塚さんのこと、知ってるよね？」

「ええ、お名前はね。でも、わたしは一度もお目にかかったことないんですよ」

「どういうことなのかな？」

朽木は小首を傾《かし》げた。

「坂口さんに頼まれて、わたし、自分の銀行口座を貸したことがあるんですよ。そのときの振込人が手塚清さんだったの」

「なんで坂口さんは、きみの口座を借りる必要があったんだろう？」

「詳しいことは教えてくれなかったけど、節税対策だって言ってたわ。お金の流れを税務署に知られたくないから、わたしの口座を借りたいんだと言ってた」

「そう。手塚弁護士は、なんのお金を坂口さんに振り込んだのかな？」

「坂口のパパは何かの和解金だとか言ってたわ」

「和解金か。手塚さんは大手企業数十社と顧問契約を結んでる大物弁護士だ。一方、坂口さんは消費者運動のリーダーとも言える存在だよな？」

「なんかそうみたいね」

「となると、どこかの会社が何かで消費者に迷惑をかけた。で、坂口さんが被害を受けた人たちの代理人として、その会社に掛け合った。そのとき、先方の代理人として手塚弁護士が応対した。そういうことなんだろうな」

「そうなのかしら？」

「双方は裁判沙汰にすることを避け、示談に入った。その結果、和解金で片をつけることになったんだろう」

「わたしは、よく知らないんですよ」

「そういうケースは少なくないようなんだ。ただ、一つだけ理解に苦しむことがある。なんだって、双方は和解金の受け渡しを個人間で行なったんだろうか。ふつうは、企業からダイレクトに迷惑を被《こうむ》ったユーザーに和解金が渡されるはずでしょ？」

「だから、それは節税のために……」

「その理由はおかしいな。和解金を受け取った者には当然、所得税がかかる。しかし、代理人の坂口専務理事が節税対策を講じる必要はないはずだよ」

「難しいことはわからないけど、パパがそう言ってたの」

理沙が眉根《まゆね》を寄せた。

ちょうどそのとき、ボーイがカクテルを運んできた。中身の液体は青っぽかった。

「手塚弁護士と坂口さんは何か裏取引をしたのかもしれないな」

朽木は言った。際《きわ》どい賭《か》けだった。初対面の相手にそこまで手の内を見せることはリスキーである。

理沙に不審の念を懐《いだ》かせることは予想がつく。そうなったら、何も喋ってくれなくなるだろう。しかし、理沙はパトロンの坂口に店に来た怪しい人物のことを話すにちがいない。

　朽木の狙いは、それだった。捜査の手が自分に迫ったと覚《さと》れば、坂口は何らかのリアクションを起こすかもしれない。そうなれば、裏取引の核心を押さえられるだろう。

「ひょっとしたら、あなたは刑事さん？」

「警察の捜査費では、こういう高級クラブには顔を出せないよ。おれは、これでも幾つも事業を手がけてるんだ」

「それじゃ、青年実業家なのね」

　理沙がそう言いながら、朽木の腕時計に目をやった。富を得た男たちは値の張る衣服や貴金属をまとう傾向がある。

「いつもはパティック・フィリップの時計を嵌《は》めてるんだが、きょうはわざとセイコーにしたんだ」

「どうしてなの？」

「成金《なりきん》の若造と思われたくなかったんでね。きょうはスーツも靴も国産品なんだよ」

「そう」

「話を戻すけど、きみの口座に手塚弁護士から、いくら振り込まれたんだい？　億以上なんだろうな？」

「具体的な金額は言えないわ。それに振り込まれたお金はパパの指示で、十日以内に全額引き下ろしてしまったのよ。わたしの口座を素通りしたようなものね」

「手塚弁護士から振り込まれた金は一遍《いっぺん》に引き下ろしたの？」

「ううん、一億円ずつ三回に分けて」

理沙が口に手を当て、悔《く》やむ顔つきになった。

こちらの話術に引っかかって、うっかり口を滑《すべ》らせてくれた。

朽木は、ほくそ笑んだ。

「あなた、ただ、ここに飲みに来たんじゃないわね。最初から、何かわたしから探《さぐ》り出す魂胆《こんたん》だったんでしょ？」

「それは誤解だよ。きみの話を聞いてて、和解金の受け渡しに個人の銀行口座を使うのは不自然だと思っただけさ」

「パパが何かよくないことをしたとでも言いたげね」

「多分、そうなんだと思うよ。坂口さんは、どこか大会社の企業不正の事実を摑んで、強請を働いたんじゃないかな？」

「あなた、失礼よ」

「坂口さんは昔、ブラックジャーナリストだったんだよ。少しまとまった金が欲しくなったら、非合法な手段を使っても別に不思議じゃない」

「そんなふうに他人を色眼鏡で見るのは、よくないわ。そうした偏見が差別を生むのよ」

「それは、その通りだね。しかし、犯罪者がなかなか更生できないという現実があることも事実なんだ」

「だからって……」

「きみは、この春に広尾《ひろお》から乃木坂のマンションに引っ越したね？」

「なんで知ってるの⁉」

理沙が円《つぶ》らな瞳《ひとみ》をさらに丸くした。

「現在の住まいは、『乃木坂アビタシオン』の九〇一号室だね？　所有者は坂口専務理事だ。坂口さんは、その物件を一億数千万円で購入した。しかも、即金でね」

「そのことは知ってるわ。パパは、持ってる優良株を売って購入資金を調達したと言ってた」

「それは嘘だろうね」

「あなた、何者なのよ！　パパに言いつけるからねっ」

「別にかまわないよ」

朽木はセブンスターを口にくわえた。

理沙が席を立ち、休憩室に駆け込んだ。すぐに沢村が走り寄ってくる。

「お客さま、何があったんです？」

「ホステスさんの胸やヒップにタッチしたわけじゃないから、安心してくれ。彼女のパトロンの悪口を言っちゃったんだ。で、理沙さんを怒らせてしまったんだよ」

「そうだったんですか」

「チェックを頼む」

朽木は言って、ふた口喫《す》っただけの煙草の火をクリスタルの灰皿の底で揉み消した。

フロアマネージャーはいったん下がり、ほどなく戻ってきた。

勘定は四万数千円だった。朽木は支払いを済ませると、『ミラージュ』を出た。

飲食店ビルから五、六十メートル歩き、クラウンに乗り込んだ。少し酔いを醒《さ》ますつもりで、後部座席に身を横たえる。

午後九時前に二人組にワゴン車で連れ去られた古宮の安否《あんぴ》が気がかりだった。畔上翠は一一〇番通報しただろうか。状況から察して、通報はしていないだろう。

だいぶ遅くなってしまったが、一応、警察に話しておくか。

朽木は上体を起こし、携帯電話で一一〇番通報した。身分を明かす。

「事件発生時から、もう何時間も経《た》っているじゃないですか。なんで、もっと早く通報してくれなかったんですっ」

「頭が混乱してしまってね」

「何かの内偵捜査中だったのかもしれませんが、検事なら、市民の人命をまず考えるべきでしょ！」

相手の声には、非難が込められていた。

朽木は返す言葉がなかった。拉致事件を目撃しながらも、すぐさま一一〇番しなかったのは自分の力だけで内偵捜査を遂行《すいこう》したいという思いが強かったからだ。できれば、たったひとりで手柄を立てたいとも考えていた。

「おたく、酒気を帯びてるようですが、車の運転はしないでくださいよ。警察官、検察官、裁判官がきちんと法律を守らなかったら、示しがつきませんからね」

「わかってます」

朽木はそう答えたが、相手に心中を見透かされた気がして、冷や汗が出た。もう少し経ったら、公用車で乃木坂に向かう気でいたからだ。

理沙がパトロンの坂口に朽木のことで連絡を取ったかもしれない。それなら、坂口は今夜のうちに愛人の許《もと》に駆けつけるだろう。

「酔っ払い運転はいけません」

朽木は声に出して言い、クラウンを降りた。ドアをロックし、外堀《そとぼり》通りまで歩く。タクシーの空車を拾うのに、七、八分かかった。乃木坂までワンメーターだった。

朽木は『乃木坂アビタシオン』の前でタクシーを降り、暗がりに身を潜《ひそ》めた。

九〇一号室と思われる部屋に電灯は点いていなかった。坂口は、愛人宅に向かっている途中なのではないか。

　赤坂や銀座の高級クラブは、たいてい日付が変わる前に店を閉じる。理沙も午前零時を回ったころには帰宅するだろう。

　超高級マンションに黄色いタクシーが横づけされたのは、午後十一時半ごろだった。

　朽木は目を凝《こ》らした。タクシーから降り立ったのは、全日本消費者ユニオンの坂口専務理事だった。捜査資料に添えてあった顔写真よりも、だいぶ老けている。

　タクシーはすぐに走り去った。

　坂口がアプローチの石畳を半分ほど進んだとき、植え込みの中から人影が現われた。西郷仁だった。ひとり娘と孫を交通事故で喪《うしな》った男だ。

「坂口！　きさまは偽善者だ。ユーザーの味方の振りをしながら、日新自動車から金を脅し取ったんだろうが」

「西郷さん、それは誤解ですよ」

「見苦しい。言い訳はするな」

「あんた、何を考えてるんだ？」

「きさまは害虫だ。死んでもらう」

「新聞紙にくるまってるのは、刃物なんだな？」

「ああ、刺身《さしみ》庖丁《ぼうちょう》だ。覚悟しろ！」

「やめろ！　頭を冷やしてくれーっ」

坂口が震え声で言い、エントランスロビーに逃げ込んだ。

オートロックシステムだった。西郷は玄関口まで追ったが、マンションの中には入れなかった。

朽木は西郷に駆け寄った。

「け、検事さん⁉」

「このまま、家に帰ってください」

「わたしは坂口を刺し殺して、自分も死ぬつもりでいたんです。そうでもしなければ、娘の知佳と孫の稔が浮かばれません」

「お気持ちはわかりますが、個人的な復讐は赦《ゆる》されないことですよ」

「しかし、このままでは……」

西郷が嗚咽《おえつ》を洩らした。

「坂口が日新自動車と裏取引した事実がはっきりしたら、恐喝罪が成立します。奴は法律で裁《さば》きましょう。あなたは、まだ刺身庖丁を握ったわけじゃない。刃物をわたしに渡して、家に帰ってください」

「わたしは、どうすればいいんです⁉」

「とにかく、冷静になりましょう。これは、どこかに棄《す》てます」

朽木は新聞紙に包まれた刺身庖丁を奪い取り、西郷の肩口を軽く叩いた。

すると、西郷が声をあげて泣きはじめた。朽木は、また西郷の肩を叩いた。

2

瞼《まぶた》が重い。

朽木は、自由が丘の自宅マンションでコーヒーを啜《すす》っていた。パジャマ姿だった。

もう午前八時を回っている。そろそろ登庁の仕度に取りかからなければならない。

だが、なかなか椅子から立ち上がることができなかった。

前夜、朽木は西郷仁をタクシーに乗せると、『乃木坂アビタシオン』の前に戻った。

理沙が帰宅したのは、午前零時数分前だった。

朽木は理沙を呼びとめ、初めて身分を明かした。そして、九〇一号室にいる坂口と話をさせてほしいと頼んだ。

だが、理沙はそれを拒《こば》んだ。暗証番号を押し、オートロック・ドアの向こうに消えてしまった。

朽木は理沙に声をかけたことを後悔した。しかし、もう遅い。こうなったら、しぶとく張り込みつづけて、坂口に直《じか》に揺さぶりをかけるほかないだろう。

朽木はそう判断して、超高級マンションに張りつきつづけた。しかし、夜が明けても、坂口は姿を見せなかった。

さすがに朽木は疲労していた。張り込みを打ち切り、タクシーで赤坂の田町通りに戻った。公用車で帰宅し、すぐにベッドに潜《もぐ》り込んだのだ。

マグカップを食堂テーブルに戻したとき、部屋のインターフォンが鳴った。受話器は壁掛け型だった。

朽木は椅子から立ち上がり、インターフォンの受話器を取った。

「どなたでしょう?」

「新宿署刑事課の三谷《みたに》です」

「あの三谷修《おさむ》警部補ですか?」

「ええ、そうです。半年前に朽木検事に恥をかかされた三谷ですよ」

「例の件で、まだ拘《こだわ》ってるんですか。まいったなあ」

「当分、拘りは消えませんよ。わたしが自信を持って地検に送った窃盗容疑者を証拠不十分ってことで、検事は差し戻したわけですからね」

「三谷さん、あの被疑者がグレイがかってたことは認めます。しかし、確証がなかったわけだから、仕方ないでしょ?」

「検察庁は有罪率九十九パーセントを保《たも》ちたくて、腰が引けたんでしょ? 違いますか？」

　三谷が皮肉たっぷりに言った。三十四歳の彼は優秀な刑事だ。しかし、検察庁に対して対抗意識を剝《む》き出しにするタイプだった。

「こんな朝っぱらから、まさか喧嘩を売りに来たわけじゃないんでしょ？」

「事情聴取です。交通事故鑑定人をやってた古宮克俊が殺されました」

「ほんとですか⁉」

「もちろんです。古宮が拉致されたことを一一〇番通報したのは、朽木検事だとか。絞殺体が発見されたのは新宿中央公園の繁みの中です」

「いま、ドアを開けます」

　朽木は玄関ホールに走り、手早く内錠を外した。

「お邪魔します」

　スポーツ刈りの三谷が朽木に言い、連れの若い刑事を目顔で促した。二人の刑事は狭い三和土《たたき》に身を入れた。

「よかったら、上がりませんか」

「ここで結構です。相棒は石飛《いしとび》巡査長です。確か朽木検事と同い年ですよ」

「そうですか。初めまして、東京地検の朽木です」

「新宿署刑事課の石飛一泰《かずやす》です。同じ年齢でも、検事さんはなんとなく貫禄《かんろく》があるな」

「おい、卑屈《ひくつ》になるな。法律では、検事は刑事を手足として使ってもいいことになってるが、現場捜査のプロはおれたちなんだから」

三谷が石飛を叱《しか》りつけた。

石飛は微苦笑《びくしょう》しただけで、何も言わなかった。柔和な顔立ちで、平凡なサラリーマンにしか見えない。

「三谷さん、古宮の死体を発見したのは？」

「園内に住みついてる六十二歳の男です。そのホームレスは植え込みの中で立ち小便をしてるとき、俯《うつぶ》せに倒れてる古宮に気づいたようです。発見者は何度も古宮を揺さぶってみたらしいんですが、なんの反応もなかったと証言してます」

「それから、一一〇番通報したんですね？」

「そうです。死体発見時刻は、今朝の六時十三分です。現場検証と初動捜査はすでに終わり、遺体は東大の法医学教室に搬送《はんそう》されることになってます」

「死体のそばに、紐《ひも》か麻縄《あさなわ》の類《たぐい》が落ちてたんですか？」

「いや、凶器は何も見つからなかった。現場に争った痕跡《こんせき》もなかったから、古宮は別の場所で殺《や》られ、現場に遺棄《いき》されたんでしょう」

「三谷さん、犯人の遺留品《いりゅうひん》は？」

「そいつも発見されなかった。ただ、遺体の周辺には複数の靴跡がくっきりと残ってたそうです」

「二人がかりで死体を遺棄した模様です」

石飛が付け加えた。と、三谷が石飛を睨《にら》みつけた。石飛がぴょこんと頭を下げ、下を向いた。

「本庁通信指令センターの通報記録で、朽木検事が昨夜発生した拉致事件の通報者であることがわかったんですよ」

「なるほど、そういうことか」

朽木は拉致事件の詳細を順序立てて話した。

「事件を目撃されてから、一一〇番通報するまで時間が経過してますね。まず、そのことから説明してもらいたいな」

「小豆色のワゴン車を追跡してたんですよ」

「ほんとですか？」

三谷が疑わしそうな目を向けてきた。とっさに思いついた嘘を口にしたのだが、なんとか切り抜けたい。

「ええ、もちろんです」

「古宮を乗せたワゴン車の逃走ルートを教えてください」

「虎ノ門からベイエリアに出て、東京海洋大学の横を抜け、天王洲《てんのうず》公園の際《きわ》で停まりました。わたしは被害者を一刻も早く救出しなければと思って、公用車から静かに降りたんです。それから、抜き足でワゴン車に接近したんですが……」

「犯人たちに気づかれ、車で逃げられてしまった？」

「そうなんですよ。犯人が二人組であることは間違いありません。しかし、どちらも黒いスポーツキャップを目深《まぶか》に被ってたんで、人相《ニン》はよくわかりません」

「検事の話だと、せいぜい追跡時間は三、四十分ですよね？　しかし、通報時刻はそれからだいぶ経《た》ってからです」

「ワゴン車に逃げられた後、急に腹痛に見舞われたんです。夕飯に赤貝の刺身を喰《く》ったんですが、どうも食中《しょくあた》りをしてしまったようで、天王洲にあるレストランのトイレでずっと唸《うな》ってたんですよ」

「検事、いまのは作り話でしょ？」

「えっ」

「朽木検事は何かを懸命に隠そうとしてる。図星《ずぼし》でしょうが？」

「三谷さん、何を言い出すんですっ。警察と検察は、いわば身内も同然でしょ？　何かを隠そうとしてるだなんて、そんなことは絶対にありませんよ」

「警察と検察はライバル同士でしょ？　検察は、いつもいいとこ取りをしてる。特に東京地検特捜部はね。本来、大物政治家や高級官僚の汚職は警視庁捜査二課が受け持ってたはずだが、いつの間にか、東京地検特捜部がお株を取っちまった。おかげで、本庁捜二は小物の政治家や下級官吏しか検挙《アゲ》られなくなってます。特捜部は派手な捜査ばかりに手をつけ、われわれは〝ごみ掃除〟をさせられてる」

「そんなことはないでしょ？　一般の殺人捜査では、やはり警察が主役を張ってます」

「殺人事件の捜査でも脇役だったら、われわれはやってられませんよ。だから、古宮殺しの件は警察に任せてほしいな」

「むろん、そのつもりでいます」

「だったら、手持ちのカードを全部見せてくれてもいいでしょ？」

「どういう意味なのかな？」

朽木は空とぼけた。

「汚いね、検察は。われわれにさんざん捜査協力させといて、マスコミで大々的に報じられるような事件《ヤマ》は独り占めしようとしてる」

「三谷さん、それは誤解です」

「ふざけるな。そっちは一一〇番通報したとき、拉致された人物のフルネームまで喋ってる」

三谷が言った。

朽木は返答に窮《きゅう》した。うっかり古宮の氏名まで教えてしまったことは事実だ。

「昨夜《ゆうべ》、朽木検事は交通事故鑑定人の古宮の事務所の近くで張り込んでたんでしょ？　古宮は何か危《ヤバ》いことをしてたんだね？」

「たいしたことじゃないんです。古宮は交通事故鑑定をした振りして、依頼人から金を取ってた疑いがあるんですよ」

「その依頼人は、どこの誰なんです？」

「名前はわかりません。うちの刑事部に匿名の告発状が届いたんです。消印は確か名古屋局でしたが、氏名は明らかにされてなかったんですよ。住所も、でたらめでした」

「おい、おい！　おれたちは、民間会社の営業マンじゃないんだぜ。そんな子供騙《だま》しの嘘が通用すると思ってんの？」

「嘘なんかついてませんよ」

「だったら、その匿名の告発状とやらを見せてほしいな」

「わたし自身は三谷さんに協力したいと思ってますが、上司の中には面子《メンツ》に拘る者もいますんでね。地検に届いた告発状の捜査は自分のとこでやれって言うと思うな」

「喰《く》えないね、あんた！　わかった、もう頼まない。その代わり、おれは朽木検事には一切《いっさい》捜査情報は流さないことにする。それで、文句ないよな？」

「三谷さん、仲よくやりましょうよ」

「聞く耳を持たないね」

三谷は冷ややかに言い、石飛に合図した。二人の刑事は憮然《ぶぜん》とした表情で辞去した。

朽木は玄関ドアを閉めると、洗面所に走った。髭《ひげ》を剃《そ》り、身繕《みづくろ》いに取りかかった。

部屋を飛び出し、マンションの近くに路上駐車してあるクラウンに乗り込む。職場に着いたのは、およそ五十分後だった。

三階の刑事部フロアに入ると、荒次長が待ち受けていた。

朽木は次長席に急いだ。

「交通事故鑑定人の古宮克俊が殺されたね」

荒が小声で言った。朽木はうなずき、昨夜の経過をつぶさに報告した。

「全日本消費者ユニオンの坂口専務理事との間で何かトラブルがあったようだな」

「多分、そうなんだと思います。古宮は坂口に協力して『ペガサス』に欠陥箇所はなかったと偽の鑑定を出してやったのに、わずかな協力金しか貰えなかった。それに引き換え、坂口は日新自動車から三億円もの口止め料をせしめてた。そのことを何らかの方法で知った古宮が坂口に、もっと分け前を寄越《よこ》せと要求したのかもしれません」

「考えられるね。その要求額は坂口がびっくりするほど大きかった。古宮は要求を呑《の》まなかった場合は、欠陥車のこととリコール隠しの件を表沙汰にすると脅しをかけたんではないのかね？」

「その可能性はあると思います。坂口は思い余って、手塚弁護士に相談した。二人は保身のため、協力者の古宮を葬《ほうむ》ることにしたんではないですか？」

「ちょっと待ってくれ。手塚弁護士は元検事だよ。古宮を抹殺《まっさつ》することにはうなずかないと思うがね」

「わかりませんよ。成功者ほど手に入れた名声、権力、財産にしがみつくものらしいから」

「検察庁ＯＢが殺人に関与してるとは思いたくないね。手塚氏の保身本能が強いことは想像つくが、そこまでは堕落《だらく》してないだろう。追い込まれた坂口が自分の判断で、古宮を亡《な》き者にしようと考えたんだろう。といっても、うまく立ち回ってきた人間が自らの手を汚すはずはない」

「誰か殺し屋《プロ》を雇ったとお考えなんですね？」

「古宮を拉致した二人組は、殺し屋っぽかったのかな？」

「どちらもアウトローっぽい感じではありましたが、殺しを請《う》け負《お》ってるようには見えませんでしたね」

「ということは、その二人は古宮の拉致だけを金で引き受けたんだろうか」

「ええ、それと死体の遺棄をね」

「殺し屋を使ったかどうかは別にして、坂口が古宮の事件に深く関与してることは間違いないだろう」

「そう思います」

「朽木君、新宿署から何か手がかりは得られそうかね？」

「それは難しいと思います。刑事課の三谷警部補が拉致事件の通報者がわたしであることを知って、こちらが内偵捜査中だということに感づいてる様子でしたから」

「下手に探りを入れたら、ヤブ蛇になってしまうか」

「ええ。本庁の捜一が新宿署に捜査本部を設けてくれて、ベテラン刑事の久松幸太郎《ひさまつこうたろう》警部が出張《でば》ってくれれば、いろいろ協力してもらえるんですがね」

「あの名物刑事は変わり者だが、朽木君には何かと目をかけてくれてるようだな」

「ええ、久松さんには世話になりっぱなしです。捜査に協力してくれるだけではなく、男の生き方も教えてもらいました」

「久松の旦那は五十七だが、いまも現場捜査に専念してる。同期は全員、事務方《かた》に納まってるのに、刑事魂《だましい》を大事にして、真っ先に事件現場に駆けつけてる。まさに刑事の鑑《かがみ》だな」

「ほんとですね。五代続いた生粋《きっすい》の江戸っ子だから、べらんめえ口調で言いたいことを言ってますが、心根《こころね》は優しいんです」

「そうだな。特に弱い者や貧しい人たちに注ぐ眼差《まなざ》しは温《あたた》かい。久松の旦那は実際、江戸人情小説に出てくるような人物だね。粋で情《じょう》が篤《あつ》いが、罪には厳しい」

「ええ、そうですね。わたし、久松刑事を心の中で人生の師と仰《あお》いでるんですよ。一度も口に出したことはありませんけどね」

「そんなことをまともに言ったら、久松の旦那は照れて、わけがわからなくなるかもしれないぞ。少年のようにシャイなとこがあるからな」

「ええ、そうですね。よく憎まれ口をききますけど、あれは一種の照れ隠しなんでしょう」

「ああ。旦那には江戸っ子特有の韜晦《とうかい》趣味があるからね」

「韜晦というのは？」

「自分の才能や本心を何かほかのことで隠すことだよ。器《うつわ》の大きな人間ほど自分を凡《ぼん》人《じん》に見せようと努力する。その逆に小物《こもの》ほど自分を大きく見せたがる。人前で平気で自慢話をするような奴もそうだし、博識ぶってる者も小物だね。というよりも、恥の意識がないんだろうな」

「確かに何かに秀《ひい》でた人間というのは謙虚《けんきょ》で、万事に控え目ですよね？」

「それが粋なんだよ。自己顕示欲《じこけんじよく》の塊《かたまり》のような政治家やエリート官僚なんかは俗物で、野暮も野暮だね。その点、久松の旦那の生き方は清々《すがすが》しい。見習いたいものだ」

「わたしも久松さんみたいに粋に生きたいですね」

「旦那が捜査本部《チョウバ》に出張《でば》ってくれることを祈ろう」

「そうしましょう。わたしは、引きつづき坂口をマークしつづけます」

「ああ、そうしてくれ」

荒次長が言って、机の上の書類に目を落とした。

朽木は自分の席につき、滝沢検察事務官を内線電話で呼んだ。滝沢はすぐにやってきた。

「時限爆破装置の残骸から、何か手がかりは？」

「さきほど科捜研から連絡がありまして、使用された火薬は散弾の実包《じっぽう》から抜き取ったものと判明したそうです」

「乾電池、リード線、タイマーから犯人の指紋は？」

「残念ながら、どれからも指紋や掌紋《しょうもん》は採取されなかったという話でした」

「そうか。爆破物を小包で送ってきた犯人は、猟銃所持の許可証を持ってるんだろう。滝沢君、手塚、坂口、古宮の三人が散弾銃の所持許可証を持ってるかどうか調べてくれないか」

「はい、すぐに調べます。検事、古宮が殺害されましたね」

「ああ」

朽木は昨夜の出来事を伝えた。

「古宮は事務所の近くで、二人組の男に拉致されたのか」

「おれは舗道に倒された畔上翠をそのままにして、ワゴン車を追うべきだったのかもしれない。そうしてれば、古宮は殺されずに済んだだろう。さらに二人組の背後にいる人物もわかったかもしれないんだ。失敗《ドジ》を踏んじゃったよ」

「翠は四十代ですけど、女性なんです。ぼくが検事だったとしても、放置して追跡はできなかったと思います。それから、一一〇番通報が遅くなったことで、ご自分を責めることはありませんよ。やっぱり、警察に手柄を先取りされたくないですからね。検事の迷いは人間臭くて、ぼくは好感を覚えます」

「滝沢君、昼食は鰻重《うなじゅう》を奢《おご》るよ」

朽木は笑顔で、検察事務官に握手を求めた。

3

張り込んで、間もなく二時間が経《た》つ。

朽木は銀座二丁目の裏通りに立っていた。数十分ごとに張り込みの場所を少しずつ変えているが、これ以上立ちつづけたら、人々に怪しまれるだろう。

午後三時過ぎだった。

坂口専務理事は、まだ職場に顔を出していない。『乃木坂アビタシオン』の九〇一号室にいるのか。それとも、世田谷区深沢三丁目にある自宅にこっそり戻ったのだろうか。

きょうは警戒して、事務局には出ないつもりなのかもしれない。

朽木は斜め前のビルに足を踏み入れ、エレベーターに乗り込んだ。

全日本消費者ユニオンの事務局には、女性職員の翠しかいなかった。泣き腫《は》らした目が痛々しい。

「古宮さんが殺害されたことは、もうご存じですね？」

「ええ。朝のテレビニュースで知りました。小豆色のワゴン車に乗ってた二人組がどこかで彼を絞殺したんですね？」

「それは、まだわかりません。わたし個人は、二人の男は古宮さんの拉致を金で請け負ったと思ってるんです」

「だとしたら、いったい誰が古宮さんを殺したんです？」

「それは……」

朽木は言いさして、慌《あわ》てて口を閉じた。まだ坂口が古宮殺しに関与しているという裏付けを取ったわけではない。犯人扱いは慎《つつし》むべきだろう。

「古宮さんが息子の犯歴のことを隠して、わたしにプロポーズしたのは、いまでもルール違反だと思ってるわ。だけど、決して悪い男性ではありませんでした。だから、わたしは彼の後妻になってもいいと思ったんです」

「そうでしょうね。ところで、坂口専務理事は古宮さんとあなたが交際中だったということは知ってたんですか？」

「さあ、どうだったのかしら？　専務理事とは一度温泉旅館に泊まったことがあるんで、わたしから古宮さんとつき合ってるとは言いにくかったのよ」

「そうでしょうね。古宮さんとは盛大な結婚式を挙げる予定だったんですか？」

「ううん。向こうは再婚だから、二人で婚礼写真を撮ってもらうことになってたんですよ。でもね、新婚旅行は豪華客船で世界一周することになってたの」

「船旅ですか。費用は安くないんでしょうね？」

「二人で一千万円以上かかるという話だったわ」

「それは豪勢だな。お二人は、古宮さんのご自宅で暮らすことになってたんですか？」

「ううん。彼の自宅には先妻さんの思い出が詰まってるだろうから、中野の中古マンションを買うことになってたの。２ＬＤＫで、三千万ちょっとの売値だったんです。古宮さんは手付金を二百万円打ったはずよ」

「ローンを組む予定だったんですか？」

「いいえ、残金は一括《いっかつ》払いにすると言ってたわ」

「交通事故鑑定人って、割に儲かるんですね。新婚旅行の費用を含めたら、四千五百万前後のお金が必要になるからな」

「退職金にはまったく手をつけてなかったらしいから、そのくらいのお金は工面《くめん》できたんだと思うわ」

「そうなんでしょうね。それはそうと、古宮さんと坂口さんの間で何か揉めごとがあったなんてことは？」

「そういうことはなかったはずよ。検事さんは、うちの専務理事が古宮さんの事件に関わってるとお考えなんですか？」

「別にそういうわけじゃないんです。ただ、参考までに訊いただけです」

「そうなの」

「古宮さんは散弾銃を持ってました？」

「いいえ」

「坂口専務理事はどうです？」

「よくわからないわ。でも、ハンティングの話なんか一度も聞いたことがないから、猟銃なんか持ってなかったんじゃないかしら？」

　翠が言って、パソコンの画面を意味もなく見た。

「そうですか」

「散弾銃がどうだというんです？」

「別に深い意味はないんですよ。もう一つ教えてください。古宮さんか坂口さん、ハムスターを飼ってませんでした？　あるいは買ったことがあるとか？」

「二人とも、ハムスターなんて飼ってなかったわ。どちらのオフィスでも一度も見かけたことはないもの。気まぐれにペットショップでハムスターを買って、自宅で飼ってたかもしれないけどね」

「そう。坂口専務は、こちらには現われないんですか？」

「午前十時過ぎに専務理事から電話があって、体調がすぐれないんで、二、三日、事務局に顔を出せないと言ってました」

「風邪でもこじらせたのかな」

「そうなのかもね。多分、深沢の自宅で寝込んでるんでしょう。それはそうと、早く犯人を捕まえてほしいわ。古宮さんとは妙な形で別れることになってしまったけど、婚約相手だったわけですから」

「日本の警察は優秀なんです。そう遠くない日に犯人は逮捕されますよ」

朽木はそう言い、事務局を出た。

エレベーターに乗り込み、一階に降りる。外に出ると、朽木は路上で携帯電話を取り出した。ＮＴＴで坂口の自宅の電話番号を聞き出し、すぐに数字キーを押した。

ややあって、電話が繋《つな》がった。受話器を取ったのは中年の女性だった。坂口の妻だろう。

「坂口彰さんは、ご在宅でしょうか？　わたくし、手塚清法律事務所の者です」

「主人がお世話になっております。あいにく坂口はおりませんのよ」

「どちらにいらっしゃるんです？　坂口さん、携帯の電源を切られてて、連絡がつかないんですよ。緊急にお伝えしたいことがあるんですがね」

　朽木は、ひと芝居うった。

「それは申し訳ございません。外出先から正午前に主人から電話がありまして、しばらく身を隠さなければならないから、最低四、五日は自宅には帰れないと言ってました」

「いったい何があったんです？」

「何かで誤解されて、柄の悪い連中につけ狙われてると申しておりました。ですから、小さなホテルかどこかに潜伏してるんだと思います」

「お宅のそばで、不審な男たちの姿を見かけたことは？」

「それは一度もありません。ただ、酔った男がここに何度も電話してきました。その男は西郷と名乗り、夫のことを偽善者だとくだくだと罵《ののし》って……」

「そうですか。もし坂口さんから連絡がありましたら、手塚のオフィスに電話をくださるようお伝えくださ い」

「承知しました」

坂口の妻が電話を切った。

どうやら坂口は、また西郷仁に襲われることを警戒しているようだ。それから、自分のことも避けたいにちがいない。

朽木は携帯電話を懐に戻し、地下鉄銀座駅に向かって歩きだした。数百メートル進むと、滝沢検察事務官から連絡があった。

「手塚、坂口、古宮の三人は、猟銃所持許可証の申請をしたことは一度もないですね」

「そうか」

「だからといって、三人が時限爆破装置の送り主ではないとは言えません。その気になれば、友人か知人から散弾銃の実包を譲り受けて、火薬を取り出すことは可能なわけですからね」

「そうだな。おれは、いま全日本消費者ユニオンの事務局から出てきたとこなんだ。坂口が雲隠れしたようなんだよ」

朽木は手短に説明した。

「坂口は西郷に刺されることを恐れてるんではなくて、古宮殺しに関与してるんで、行方をくらます気になったんじゃないですか？」

「そうなのかもしれない。おれは、いまから新宿署に行ってみる」

「そういえば、新宿署にきょうの午後一番に捜査本部が設けられたそうですよ。本庁の捜一《そういち》のメンバーまではわかりませんけど。何か手がかりを摑めるといいですね」

滝沢が通話を切り上げた。

杉木は携帯電話を上着の内ポケットに突っ込み、足を速《はや》めた。地下鉄銀座線に乗り、赤坂見附《みつけ》で丸ノ内線に乗り換える。新宿駅で下車し、西新宿六丁目の新宿署まで歩いた。

杉木は刑事課に直行した。強行犯係を覗くと、石飛刑事が自分のデスクで電話番をしていた。

「三谷さんは、捜査本部にいるのかな？」

「ええ、そうです。一時間前に本庁捜査員との合同捜査会議がはじまりましたんで」

「桜田門から出張《でば》ってきた捜査員の中に、久松さんはいるの？」

「ええ。ぼく、数々の伝説に彩《いろど》られた江戸っ子刑事を初めて直《じか》に見ましたよ。着流しが似合いそうな感じだったな。いなせな博徒《ばくと》といっても、通用しそうですね？」

「そうだな。それはそうと、もう古宮の司法解剖は終わってるんだろう？」

「ええ」

「凶器は何だったんだい？」

「タイラップという商品名で呼ばれてる樹脂製の結束紐《けっそくひも》です。ほら、電線や工具を束《たば》ねるときに使うやつです」

「わかるよ。死亡推定時刻は？」

「昨夜十時から十一時半です。殺害現場はどこかの河川敷《かせんしき》だと思われます」

「河川敷？」

「はい。被害者の着衣に、川砂と雑草が付着してたんですよ。しかし、まだ犯行現場は特定できないそうです。犯人たちは、遺体を盗難車で新宿中央公園まで運んだようですね」

「盗難車は公園の近くで発見されたの？」

「ええ、熊野《くまの》神社の斜め前に灰色のプリウスが放置されてたんですよ」

「古宮は二人組の男に小豆色のワゴン車で連れ去られたんだが……」

「殺害した後、盗んだ車で死体を運んだんでしょうね」

「そうなんだろうな」

　朽木は口を結んだ。そのとき、石飛の顔が引き攣《つ》った。朽木は振り向いた。三谷刑事が険《けわ》しい顔つきで歩み寄ってきた。

「検事、こんな所で何をしてるんですっ」

「この近くまで来たんで、ちょっと寄らせてもらったんです」

「白々《しらじら》しいことを……」

「石飛さんとは、世間話をしてただけですよ」

朽木は三谷に言い、石飛に顔を向けた。石飛が幼児めいたうなずき方をした。

「検事調べで、うちの署の被疑者に会いに来たわけじゃないんだから、長居は迷惑ですね」

「ええ、わかってますよ。いま、退散します」

「まさか捜査本部《チョウバ》に行くんじゃないだろうな。行っても、まだ会議中だよ」

「霞が関にまっすぐ帰ります」

朽木は目礼し、刑事課を出た。新宿署を出ると、数百メートル先のコーヒーショップに入った。コーヒーを啜《すす》りながら、三十分ほど時間を潰《つぶ》した。

それから朽木は、久松警部の携帯電話を鳴らした。

「ご無沙汰してます」

「元気かい？」

「ええ、おかげさまで。捜査本部の合同会議はもう終わったんですか？」

「ああ、少し前にな。さては、新宿署《ヤマ》の近くにいるな？」

「そうなんですよ。古宮克俊の事件で久松さんが新宿署に出張るって情報を入手したもんだから、カードを見せ合えればと思いましてね」

「朽木ちゃん、いっぱしのことを言うようになったじゃねえか。このおれと情報交換してえって？」

「別に思い上がってるわけじゃないんです。これまで久松さんには何度も助けてもらったから、ご恩返しのつもりでカード云々《うんぬん》と言ったんです」

「相変わらず、駆け引きが下手だな。そういう無器用さがそっちの身上《しんじょう》だけどさ。で、どこにいるんでえ？」

久松が訊いた。朽木は店の名を告げた。

「その店なら、知ってらあ。ちょうどコーヒーを飲みてえと思ってたんだ。ちょっくら待っててくれや」

「ええ、お待ちしてます」

「すぐ行かあ」

久松が電話を切った。朽木は携帯電話を懐に戻し、煙草に火を点けた。

一服し終えて間もなく、背広姿の久松が店にやってきた。五十代後半とは思えないほど身ごなしは軽やかだ。中肉中背だが、迫力がある。眼光が鋭いせいだろうか。

朽木は立ち上がって、会釈《えしゃく》した。

「堅い挨拶《あいさつ》は抜きにしようや」

久松が正面に坐り、ウェイトレスにブレンドコーヒーを注文した。

「実は、古宮克俊のことをマークしてたんですよ」

朽木は職場に届いた一通の告発状から内偵捜査を命じられたことを明かし、その後の経緯《いきさつ》を話した。

「そういうことだったのかい。新宿署の刑事たちは協力的じゃなかったんで、おれに何か喋らせる気になったわけだな？」

「いつも頼ってばかりで、申し訳ありません」

「いいってことよ。この年齢《とし》で点数稼いで、警視総監賞を貰う気もねえからな。若手検事の力になれるんだったら、光栄ってもんだ。ただな、刑事も検事も現場捜査で汗をかかなきゃ、いい仕事はできねえぞ」

久松が言って、ハイライトをくわえた。朽木は使い捨てライターの炎を差し出した。

「若いうちから、そんなふうに振る舞うのはよくねえな。もっと堂々としてなよ。何かで世話になるからって、相手におもねちゃ駄目だ」

「別に久松さんに媚《こ》びたわけじゃないんです。おれの父親ぐらいの年齢だから……」

「敬老の精神を発揮したってわけかい？　ま、いいや」

久松が自分の簡易ライターで、煙草に火を点けた。そのすぐ後、ブレンドコーヒーが運ばれてきた。

ウェイトレスが遠のくと、朽木は上体を前に傾けた。

「解剖所見から、殺し屋《プロ》の犯行と思われるんですかね？」

「いや、素人の犯行《ヤマ》だろうな。索条痕《さくじょうこん》が複数あったらしいから。殺し屋なら、一発で結束紐で絞殺してたはずだよ」

「なるほど。そうすると、犯人はスポーツキャップを目深《まぶか》に被った二人組に古宮を拉致させて、自分の手で始末したんでしょう」

「そう考えてもいいと思うよ。二人組は小遣いを貰って古宮を拉致して、どこかの河川敷に転がしたんだろう。それから、二人がかりで古宮を押さえつけてたんじゃねえかな」

「まだ殺害現場は絞り込めてないそうですね。石飛刑事がそう言ってました」

「そうらしいんだ。しかし、拉致された時刻と死亡推定時刻から考えて、犯行現場は都内の河川敷だろうな」

　久松が煙草の灰を落としてから、ユーヒーを啜《すす》った。

「荒川、江戸川、多摩川のいずれかなんでしょうかね」

「ま、そうだろうな。そのうち、事件現場はわかるだろう。この季節なら、夜釣りをしてる奴もいるだろうし、土手でカーセックスをしてるカップルもいるかもしれねえからさ」

「そうですね。新宿中央公園の死体遺棄現場から採取された複数の足跡から、何かわかったんですか?」

「片方はアディダスのスニーカーで、もう一方は国産のワークブーツだったらしい。スニーカーのサイズは二十六センチで、ワークブーツのほうは二十七センチだったそうだ。靴の種類とサイズから察して、拉致犯の二人は二、三十代と考えてもいいだろう」

「でしょうね。小豆色のワゴン車のナンバープレートの数字は、ビニールテープでそっくり隠されてました。二人組のどちらかの車なんだと思います」

「そう考えてもいいだろうな。二人組は予《あらかじ》め盗んであったプリウスに死体を乗せ、新宿中央公園に遺棄しに来た」

「久松さん、プリウスは絞殺犯が用意したのかもしれませんよ」

「そうか、その可能性もあるな。それはともかく、朽木ちゃんは絞殺犯の目星《めぼし》をつけてるんだろ？」

「おれは坂口専務理事が保身のため、誰かに古宮を始末させたと睨んでます」

朽木は言った。

「その誰かが殺し屋《プロ》かもしれねえと思ってたんだ？」

「ええ、まあ」

「犯行の手口から、プロの仕業《しわざ》じゃねえと思われる。となったら？」

久松が煙草の火を消した。

か」

「坂口の知人でしょうね」

「その線も考えられるが、古宮の口を封じたがってる人物がもうひとりいるじゃねえか」

「日新自動車の顧問弁護士の手塚清ですね？」

「そう！　『ペガサス』のブレーキワイヤー留具に欠陥があって、会社ぐるみでリコール隠しをしてたんだったら、手塚にとっても古宮は邪魔者ってことになる」

「ええ、そうですね。古宮は最初の事故鑑定では、西郷知佳が運転してた『ペガサス』には欠陥箇所があると断定した人物です」

「大物弁護士なら、弟子の数も多いだろう。それからヤメ検なら、後輩の検事や事務官もたくさん知ってるはずだ」

「久松さん……」

「法曹界で仕事をしてるからって、別に聖人ってわけじゃねえ。色や欲に弱《よえ》え普通の人間だよ。大物弁護士に恩を売っといて損はねえと考える奴がいても、ちっともおかしくはねえぜ」

「それはそうですが、出世欲だけで殺人に走ってしまう弁護士、検事、事務官はいないんじゃないかな？」

「わからねえぜ。朽木ちゃんは熱血漢だから、人の道を外したりしねえだろうが、人間って奴は弱いもんだ。色や欲に負けちまう男は数え切れねえし、野望家は時に法律や道徳を忘れちまう。世の中に真の聖者なんかいるわけねえから、社会的地位が高くたって、悪いことをする奴はいる。犯行動機に同情の余地はあっても、人殺しはやっぱり凶悪な犯罪だよ」

「ええ、そうですね」

「坂口が最も怪しいと思うが、手塚弁護士の動きも探《さぐ》るべきだな。坂口と違って、手塚の半生にはまるで汚点がない。それだけに、保身本能が強いんじゃねえか？」

「そうかもしれませんね」

朽木は感心しながら、コップの水で喉《のど》を潤《うるお》した。久松刑事の話には、いつも説得力があった。長年の刑事生活で、人間の裏表をしっかりと見てきたからだろう。

「どんなに賢い悪人だって、完全犯罪なんてめったにやれるもんじゃねえ。そいつに喰《く》らいついてれば、いまに綻《ほころ》びが見えてくるもんさ。朽木ちゃん、スッポンになるんだ。スッポンになるんだよ」

「はい！」

思わず朽木は、子供のような返事をしてしまった。通りかかったウェイトレスが、くすっと笑った。

4

ベンツが走りだした。

六本木の洒落《しゃれ》たビルの前だ。手塚弁護士はブリリアントシルバーのドイツ車の後部座席に腰かけている。お抱え運転手は若い男だった。

朽木はクラウンを静かに発進させた。彼は久松刑事と別れてから職場に戻り、公用車のクラウンで六本木に来たのである。

午後八時過ぎだった。

ベンツは六本木通りに出ると、渋谷方面に向かった。

手塚弁護士が坂口の潜伏先に行ってくれることを祈ろう。

朽木は一定の車間距離を保《たも》ちながら、ベンツを追った。

大物弁護士を乗せた車はＪＲ渋谷駅の脇を抜けると、国道二四六号線に入った。玉川通りだ。

いくらも進まないうちに、ベンツは左折した。そのあたりは目黒区青葉台の邸宅街だった。

やがて、ベンツは豪邸のガレージの前に停まった。運転手がリモート・コントローラーを使って、車庫のオートシャッターを開ける。高級外車は手塚を乗せたまま、ガレージの中に吸い込まれた。ほとんど同時に、オートシャッターが下がりはじめた。

大物弁護士は、オフィスからまっすぐ帰宅したようだ。それを確かめる必要がある。

朽木はクラウンを門柱の前まで進めた。表札には、手塚と記《しる》されていた。

姿をくらました坂口専務理事が手塚邸に匿《かくま》われているとは思えない。元検事の手塚が犯歴のある男を自宅に匿うわけはないだろう。成功者は意外に臆病《おくびょう》で、世間の目を気にするものだ。

手塚邸の前で張り込んでみても、何も収穫は得られないだろう。

朽木は車を迂回《うかい》させ、玉川通りに戻った。渋谷方面に走り、そのまま青山通りに入った。

青山学院大学の前を通過したとき、上着の内ポケットで携帯電話が着信音を発しはじめた。ハンズフリーシステムは搭載《とうさい》していない。

朽木はクラウンを路肩《ろかた》に寄せた。ディスプレイには滝沢検察事務官のフルネームが表示されていた。

「ご苦労さん！　古宮の通夜《つや》の様子はどうだい？」

「いま、故人の自宅近くのセレモニーホールにいるんですが、淋《さび》しい通夜ですね。弔《とむら》い客は疎《まば》らで、縁者の数のほうが多いんです」

「そうか。で、坂口本人か、代理人は現われなかった？」

「ええ、どちらもね。ぼく、交通警官になりすまして、息子の昭如に接触してみたんですよ」

「何か収穫は？」

「故人は別の場所で暮らしてる息子に『頭金を一千万円出してやるから、分譲マンションを買え』と言ったらしいんですよ」

「それは、いつのことなんだい？」

「一週間ほど前に電話でそう言われたそうです。朽木検事、殺された古宮は自分が貰った謝礼が少なすぎると不満を募《つの》らせ、坂口から金を毟《むし》るつもりだったんじゃないんですかね？」

「それ、考えられるな。ひょっとしたら、古宮は坂口と日新自動車の裏取引を恐喝材料にして、手塚弁護士に口止め料を要求してたのかもしれない」

「相手は大物弁護士ですよ。そこまでやりますかね？」

「人間は欲深《よくぶか》な動物だからな。肚《はら》を括《くく》ったら、そこまでやるんじゃないだろうか。古宮は畔上翠と再婚する予定だった。金はいくらあってもいいと考えてたんじゃないかな？」

朽木は言った。

「そうなんですかね。おっと、大事なことが後回しになってしまいました。宅配トラックの運転手をしてる昭如は独り暮らしの寂しさを紛《まぎ》らせようと、およそ一年前からハムスターの番《つがい》を飼ってるらしいんですよ」

「なんだって⁉」

「子がどんどん増えて、去年の暮れには十匹になっちゃったらしいんです。それで、今月、そのうちの二匹が消えたというんですよ。昭如は、腹を空かせたハムスターが共喰《ともぐ》いしたんだろうと言ってましたけど、彼の父親がこっそり二匹盗み出したんじゃないですかね？」

「昭如は自宅アパートの合鍵を亡父に預けてたんだろうか」

「さすがにそれを確かめることはできませんでしたけど、昭如が親に部屋の合鍵を預けていてもおかしくはないでしょ？」

「そうだな」

「検事と石岡夏季の自宅に首を切断したハムスターを置いたのは、古宮だったんじゃないのかな？　『ペガサス』の欠陥に目をつぶった事実が発覚したら、故人は交通事故鑑定の仕事で喰えなくなりますから」

「ま、そうだね。しかし、ハムスターの死骸をプレゼントされたのはおれだけじゃないんだ。告発状の主の石岡夏季も、メールボックスに死んだハムスターを投げ込まれてる」

「古宮は二匹のハムスターを調達しただけで、首をちょん斬《ぎ》ったのは坂口専務理事かもしれないと……」

「そうも考えられるだろうが?」

「ええ、そうですね。それはそうと、手塚弁護士の線から坂口の隠れ家は突きとめられそうなんですか?」

「今夜は空振りに終わったよ。手塚はどこにも寄り道をしないで、オフィスから自宅に戻ったんだ」

「そうですか。坂口の愛人をマークしてれば、そのうち潜伏先がわかるんじゃないかな」

「そう思って、これから理沙が働いてる店に行ってみる気になってたんだ」

「張り込み、ぼくが代わりましょうか。朽木検事は少し疲れてるでしょうからね」

「滝沢君、おれを年寄り扱いしないでくれ。きみよりも二つ上だけだろうが」

「別に年寄り扱いしたわけじゃありませんよ。そういうことなら、ぼくは家路につくことにします」

滝沢が電話を切った。

朽木は携帯電話を懐に仕舞《しま》い、ふたたびクラウンを走らせはじめた。目的の飲食店ビルの前に着いたのは、九時半過ぎだった。

朽木は飲食店ビルの斜め前に停め、ヘッドライトを消した。エンジンも切る。

上着の内ポケットから携帯電話を取り出し、『ミラージュ』に電話をかけた。

受話器を取ったのは、若い男だった。

「理沙ちゃん、店に出てるよね？」

朽木は軽い口調で確かめた。

「はい」

「それじゃ、数十分後に店に行く」

「失礼ですが、お客さまのお名前を教えていただけますか？」

「名乗るほどの男じゃないよ。けどさ、理沙ちゃんに夢中なんだ。今夜も、彼女を指名するからね」

「ありがとうございます。お待ちしております」

相手の声が途切《とぎ》れた。

朽木は携帯電話を上着の内ポケットに入れ、セブンスターをくわえた。

恋人の深雪から電話がかかってきたのは、十時二十分ごろだった。

「先夜は会えなくて、残念だったわ」

「例の渋谷の事件、まだ解決してないのか？」

「ううん、もう終わったわ。カプセルホテルに潜《ひそ》んでた殺人犯がもう逃げられないと観念して、雑居ビルの屋上から飛び降り自殺しちゃったの」

「そうか」

「今夜は拓也さんの部屋に泊まれそうだけど、そちらの都合はどう？」

「内偵捜査で張り込み中なんだよ。マンションにいつ戻れるかわからないんだ。それでもよかったら、待っててくれないか」

「どうしようかな？」

「おれの部屋の合鍵、持ってるよな？」

「ええ」

「なら、部屋で待っててくれよ。なるべく早く戻るからさ」

「わかったわ。そうする。でも、わたしのために張り込みを早く切り上げたりしないでね。そんなふうに気を遣《つか》われると、こちらの心の負担が大きくなっちゃうから。わたしだって、仕事を優先させてきたんだから、朝まで待たされたって、絶対に拗《す》ねたりしないわ」

「また、深雪はいい女になったな」

「お世辞なんか言うと、安っぽくなるわよ」

「言ってくれるな」

「拓也さんはいくつになっても、永遠の少年でいて。わたし、あなたのガキっぽさが好きなんだから」

「おれはそんなに青いのかな?」

「青いわね。まだ蒙古斑《もうこはん》が消えてないんじゃない?」

「茶化《ちゃか》しやがって」

「それじゃ、仕事頑張《がんば》って」

「ああ」

朽木は素っ気なく答えたが、仄々《ほのぼの》とした気持ちになった。深雪とはドライなつき合い方をしているが、彼女はかけがえのない女性だった。

何かの理由で深雪と別れることになったら、生きる張りを失ってしまうだろう。しばらくは仕事も手につかないかもしれない。

そう思いながらも、深雪を妻にしたいとは強く望んでいない。結婚生活によって、彼女の輝きが鈍《にぶ》くなるのを心のどこかで恐れているのか。

そんなふうに考えるから、ガキ扱いされるのだろう。

朽木は自嘲した。

張り込みは、いつも自分との闘《たたか》いだ。焦《じ》れる気持ちを抑《おさ》え込んで、マークした人物が動きだすのをひたすら待つ。ある意味では、精神の修養に役立つのではないか。

理沙が同僚ホステスと飲食店ビルから姿を見せたのは、午後十一時五十分ごろだった。

二人は何か談笑しながら、近くの中華粥《がゆ》専門店に入った。仕事の話をしつつ、夜食を摂《と》るつもりなのだろう。

さほど大きな店ではない。店の中に入るわけにはいかなかった。

朽木はクラウンを数十メートル走らせ、ガードレールに寄せた。車の中から店の出入口を注視する。

理沙と連れが出てきたのは、午前一時過ぎだった。

二人は田町通りの外れで、タクシーに乗った。

朽木は細心の注意を払いながら、タクシーを尾行しはじめた。タクシーは『乃木坂アビタシオン』の真ん前で停まった。降りたのは理沙だけだった。

同僚ホステスを乗せた緑色のタクシーは、じきに闇《やみ》に紛《まぎ》れた。理沙は超高級マンションのアプローチに向かった。

朽木はクラクションを短く鳴らし、素早く車を降りた。理沙が石畳の途中で立ち止まり、目を凝《こ》らしている。

朽木は理沙の前まで走った。たたずむと、甘い香水の匂いが寄せてきた。

「びっくりさせて、申し訳ない」

「お店から尾《つ》けてきたのね。どういうつもりなの？」

「坂口彰さんの潜伏先を教えてほしいんです」

「知らないわ」

「パトロンを庇い通すつもりなら、場合によってはあなたも罪人になりますよ」

「パパが何をしたか知らないけど、わたしには関係ないことでしょ！　だいたいパパは何をやったわけ？　人でも殺したの？」

「恐喝の容疑がかかってます。それから、殺人の嫌疑もありますね」

「嘘でしょ!?　もっと具体的に言ってくれない？」

「それはできません。坂口夫人の話によると、あなたのパトロンは四、五日、自宅には戻らないと言ったらしい」

「わたしが住んでる部屋に坂口のパパが隠れてるとでも疑ってるんだったら、家捜《やさが》しでも何でもすればいいわ」

「そこまで言い切るんだから、坂口さんはこのマンションの九〇一号室にはいないんでしょう。しかし、どこに身を潜《ひそ》めてるにしても、愛人のあなたには坂口さんも居所ぐらいは教えそうだがな」

「パパは、本当に教えてくれなかったのよ。西郷とかいう男に何か逆恨《さかうら》みをされてるからとか言ってたけどね。それから、パパはきのうの午後四時以降はずっと携帯の電源を切ってるの」

「そう」

「だから、もうわたしを追い回したりしないでちょうだい」

理沙が言い放ち、オートロックのドアに走り寄った。

無駄骨を折ってしまった。

朽木は徒労感《とろうかん》を覚えながら、クラウンに駆け戻った。運転席に坐ったとき、久松刑事から電話がかかってきた。

「こんな夜更けに済まねえ。きのうの午後十時過ぎに、坂口彰が千代田区の千鳥《ちどり》ケ淵《ふち》公園内で何者かに鈍器で殴打《かつ》されたらしいぜ」

「で、坂口はどこか病院に担ぎ込まれたんですか？」

「いや、現場には坂口の血塗れの上着が脱ぎ捨てられていただけで、本人は消えてたそうだ。上着のポケットには坂口のキャッシュカード入りの札入れと運転免許証が収まってたらしい」

「坂口の上着には血痕があったんですね？」

「ああ。それから、血で汚れた上着の近くに西郷仁の名刺入れが落ちてたそうだ」

「あの西郷氏が坂口をスパナか何かでぶっ叩いたんだろうか」

「そうじゃねえだろうな」

「というと、坂口が西郷氏を暴漢に仕立てる目的で、小細工を弄《ろう》した？」

「おおかた、そうなんだろうよ。血塗れの上着のそばに、西郷の名刺入れが落ちてたなんて、いかにも細工っぽいじゃねえか。仮に西郷仁が坂口を襲ったとしても、名刺入れを落としたことに気がつかねえわけはねえ」

「ええ、まず気づくでしょうね」

「被害者が警察の力を借りようとしてないのも不自然だ」

「そうですね。坂口は自分がどこか山の中にでも連れ込まれたと見せかけたかったんでしょうかね？」

　朽木はベテラン刑事に意見を求めた。

「ああ、おそらくな。けど、笑っちまうほど幼稚なトリックだ。犯行が夜だったとはいえ、千鳥ヶ淵公園は都心も都心だろ？」

「そうですね。近くに人がいただろうし、車も通ってたはずです。誰かが血みどろの坂口を車の荷台かトランクルームに入れようとしてたら、必ず目撃者が出てきますからね」

「ああ。坂口の狂言さ。そんなことはわかりきってるのに、所轄の麹町署《こうじまち》は西郷仁に任意同行を求めたらしいんだよ。ばかなことをやりやがる」

「それで、西郷氏は？」

「千鳥ヶ淵には行ってないし、名刺入れも自分のものじゃないと主張したそうだ。けどな、アリバイがはっきりしないんで、二時間近くも署内に留《とど》まらされたようだぜ。名刺入れから西郷仁の指紋《モン》がまったく検出されなかったんで、帰宅を許されたって話だけどな」

「所轄署の刑事が西郷氏の自宅に出向いて事情聴取すれば、済んだことなのに」

「その通りだ。なんでも疑ってみるのが警察の仕事だが、いくらなんでも勇み足だな。西郷仁が怒ったら、人権問題に発展しかねねえ」

「ほんとですね。それはともかく、坂口はなんで幼稚な狂言を思いついたんだろうか。そんなことで、おれが捜査を諦《あきら》めるとでも思ったんでしょうか？」

「朽木ちゃん、坂口の狙いはそれじゃねえよ。坂口は東京地検の内偵捜査をうっとうしく感じてただろうが、それを妨害《ぼうがい》したりしたら、かえって怪しまれることになる」

「そうですよね」

「坂口は古宮が殺害されたことで、自分にも魔手が迫ってくるかもしれねえという強迫観念《きょうはくかんねん》にさいなまれてたんじゃねえのかな？」

「久松さん、それじゃ、古宮は手塚弁護士に雇われた誰かに始末されたんですか？」

「そいつは、まだ何とも言えねえな。坂口が独自の判断で誰かに古宮を絞殺させたのかもしれねえし、手塚と共謀したのかもしれねえ。どっちにしても、坂口は手塚にとっては都合《つごう》の悪い人間だ」

「ええ、そうですね」

「悪人は疑心暗鬼《ぎしんあんき》に陥《おちい》りやすいんだ。坂口は手塚がいつか自分に刺客を向けてくるかもしれないと考えたんじゃねえのかな？」

「そう考えれば、坂口が誰かに襲われて、どこかに連れ去られたという自作自演の芝居をうつ気になったことも納得がいきます。さすがは久松さんだな」

「よせやい。おだてたって、鼻血も出ねえぜ。冗談はともかく、当分、坂口は潜伏する気でいるんだろう。朽木ちゃん、坂口の愛人を揺《ゆ》さぶってみな。坂口の女房に乃木坂の超高級マンションのことを教えると仄《ほの》めかすぐらいじゃ、罪にはならねえさ」

「実は、少し前に愛人の理沙に坂口の居所を吐かせようと迫ったんですよ。しかし、彼女は本当にパトロンの潜伏先を知らないようでした」

「そうかい。それなら、別の方法で坂口を燻《いぶ》り出すんだな。その方法は、そっちが考えるんだ。それじゃ、お寝《やす》み！」

久松が通話を切り上げた。

何か方策を練る必要がある。朽木は携帯電話を懐に収《おさ》め、エンジンを始動させた。

第四章　謎の感電自殺

1

照れ臭くて仕方がない。

朽木は、深雪とまともに視線を合わせられなかった。二人はコンパクトな食堂テーブルを挟《はさ》んで朝食を摂《と》っていた。

朽木の自宅マンションだ。午前八時を回っていた。

卓上には、グリーンサラダ、ベーコンエッグ、イングリッシュマフィンが並んでいる。クラムチャウダーも深雪がこしらえてくれたものだ。

「こんなふうに差し向かいで食事をしてると、わたしたち、まるで新婚カップルみたいね」

「そうだな。いまの言葉に何か含んでるものがあるわけじゃないよな？」

「実はね、かなり生理が遅れてるの」

「えっ」

「そんなに困った顔しないで。嘘よ」

「びっくりさせるなよ。喰《く》いかけのセロリを喉《のど》に詰まらせるところだった」

「まるで子供ね。それから、さっきからなんだか落ち着かない感じだけど、どうしたの？」

「そっちが泊まった翌朝、ここで飯を喰《く》うことがなんか照れ臭いんだよ。ハンバーガーショップかドーナツショップで簡単な朝食を済ませ、あたふたと通勤電車に飛び乗ることが多かったからな」

「わたし、きょうは正午までに局に出ればいいのよ。だから、ちょっとキッチンに立ってみたの。お味はいかが？」

「どれもうまいよ。特にクラムチャウダーは最高だね」

「よかった」

深雪がにっこりと笑った。

「深夜スーパーで買い込んできた食料、いくらだった？　後で払わなきゃな」

「拓也さん！　水臭いことを言うと、わたし、怒るわよ」

「わかったよ。今回は、ありがたくご馳走《ちそう》になろう」

「ええ、そうして。それはそうと、どんな内偵捜査をしてるの？」

「テレビ局の報道記者に教えるわけにはいかないよ」

「わたし、抜け駆けなんかしないわ。いままでに、拓也さんに迷惑かけたことがある？」

「それは一度もないな」

「だったら、喋《しゃべ》ってよ。何か力になれるかもしれないでしょ？」

「そうだな」

朽木は迷いをふっ切って、内偵捜査の内容を語った。

「そうした関係者たちの証言があるんなら、全日本消費者ユニオンの坂口という専務理事が『ペガサス』の欠陥を種《ネタ》にして、日新自動車から三億円を脅し取ったことは間違いないでしょうね。代理人の手塚顧問弁護士は欠陥とリコール隠しの件で今後一切《いっさい》、迷惑をかけませんという内容の念書を坂口から取って、日新自動車に渡してるんだと思うわ」

「だろうな。日新自動車の本社に忍び込んで、その念書を盗み出せば、裏取引のことがいっぺんに明るみに出るんだが……」

「まさか検事がそんなことはできないわよね？」

「ああ」

「拓也さん、ちょっと待って。もしかしたら、坂口の念書は手塚清法律事務所内に保管されてるのかもしれないわよ。多分、そうなんだと思う」

「なぜ、そう言えるんだい？」

「日新自動車には国税局の税務調査が入る場合があると思うの。そんなとき、問題のある念書を見つけられたら、会社はまずいことになるでしょ？」

「そうだな。だから、手塚のオフィスに保管されてるんだろうと推測したわけか」

「ええ、そうなの。でも、やっぱり、念書を手に入れることは無理よね？」

「そうだな。手塚弁護士の動きを追ってれば、そのうち坂口の潜伏先を突きとめることはできるだろう」

「問題は、その先よね。手塚も坂口も海千山千《うみせんやません》だと思うの。正攻法じゃ、犯行を認めないんじゃない？」

「だろうね。関係者の証言や交通事故鑑定人の不自然な再鑑定だけでは、立件は難しいからな」

「ええ、そうね。手塚弁護士はともかく、元ブラックジャーナリストの坂口は叩けば、いくらでも埃《ほこり》が出そうだわ。ね、何か別件で坂口をひとまず検挙《アゲ》て、時間をかけて恐喝とリコール隠しの件を吐かせたら？」

深雪が言った。

「別件逮捕で自供させるのは、なんとなく好きじゃないんだ」

「あら、どうして？」

「フェアじゃない気がするんだよ」

「確かに手口はきれいじゃないけど、時にはそうした裏技を使ってもいいんじゃない？　悪知恵の発達した連中は巧《たく》みに法網《ほうもう》を潜《くぐ》り抜けてるわけだから、そんなに紳士的に扱うことないわよ」

「しかしね、楽な方法を選ぶのは捜査検事として失格だと思うんだ」

「名探偵よろしく知力で勝負したいってわけね？」

「そこまでは言わないが、靴の底を擦り減らして犯罪者を追い込むべきだよ」

「ええ、それが理想よね。でも、検事不足なんだから、少しはスピードアップを図らないと……」

「その通りなんだが、おれは一件ずつじっくりと捜査したいんだ。功を急いで、冤罪《えんざい》を招いたりしたくないんでね」

「拓也さんがそこまで言うんだったら、自分のやり方を貫《つらぬ》くべきね。そういう時代遅れな生き方も悪くないわ。わたしは嫌いじゃない」

「そう言ってもらえると、心強いよ」

朽木はフォークを手に取り、ほどよく火の通ったベーコンを掬《すく》い上げた。深雪もイングリッシュマフィンを千切《ちぎ》って、口の中に入れた。

午前二時過ぎにベッドで肌を貪《むさぼ》り合ったのは、三週間ぶりだった。二人は濃密な一刻《ひととき》を過ごし、身を寄せ合って眠りについた。

お互いに多忙だ。また、しばらく会えないかもしれない。少し物足りない気もするが、べったりとした関係よりも新鮮さを味わえる。

恥じらいや胸のときめきを感じなくなったら、男女関係は倦怠《けんたい》の季節に入るものだ。

朽木はそう思いつつ、クラムチャウダーを平らげた。

「拓也さん、午後から登庁するわけにはいかないわよね？」

「え？」

「鈍いんだから！」

「物足りなかったんだな？」

「もういい。デリカシーの欠片《かけら》もないのね。そんな即物的な言い方されたら、女のわたしは何も言えなくなっちゃうでしょうが」

「女のほうから誘うことをはしたないと考えてるんだ？　進歩的な深雪が古風なことを言うんで、驚いたよ。わかった。飯を喰ったら、寝室で愛し合おう」

「いいって、もう！　ああ、恥ずかしい！」

深雪が細面《ほそおもて》の顔を両手で押さえた。色白の頬は桜色に染まっていた。こんなときは、どうすればいいのか。

朽木は途方に暮れた。

そのとき、寝室で携帯電話の着信メロディーが響きはじめた。ビートルズのヒットナンバーだった。恋人の携帯電話だ。

「局からかもしれないわ」

深雪が椅子から立ち上がり、ベッドのある洋室に走り入った。

朽木はペーパーナプキンで口許《くちもと》を拭《ぬぐ》い、煙草に火を点けた。深雪の携帯電話を鳴らしたのは、報道部の上司のようだ。断片的な遣《や》り取りから、何か大きな事件が発生したらしい。

一服し終えたとき、深雪が寝室から飛び出してきた。きりりとした顔つきだった。

「事件が起きたんだね？」

朽木は問いかけた。

「そうなの。池袋で、覚醒剤中毒の男が私鉄バスを乗っ取って、三十数人の男女を人質に取ったらしいのよ」

「局に行くのかい？」

「ううん、現場に直行することになったの。そんなわけだから、先に部屋を出るわね」

深雪が言って、慌《あわ》ただしく洗面所に駆け込んだ。

朽木は腰を上げ、食器をシンクに運んだ。スポンジに洗剤を吸わせ、手早く皿やカップを洗う。いくらも時間はかからなかった。

「後片づけもしないで、ごめんね」

深雪が詫《わ》びながら、朽木の後ろを通り抜けていった。薄化粧されていた。深雪は寝室で身仕度をすると、あたふたと部屋から出ていった。

朽木は寝室に歩《ほ》を運んだ。ベッドは深雪の手によって、きちんとメイキングされていた。彼女は俗にいうキャリアウーマンだが、女の役割分担をちゃんと弁《わきま》えていた。家事の類《たぐい》を男性に押しつけるようなことはなかった。

朽木はクローゼットの前で、素肌にオックスフォード織《お》りのワイシャツをまとった。柄物ネクタイを結び、上着を羽織《はお》った。

そのとき、ナイトテーブルの上で携帯電話が打ち震えた。前夜、マナーモードに切り替えておいたのだ。

朽木は携帯電話を摑み上げ、ディスプレイを見た。発信者は日吉の実家に住む母だった。朽木は、わけもなくどぎまぎした。深雪との情事を覗《のぞ》かれていたような錯覚に陥《おちい》ったせいだろうか。

「拓也、大変よ」

母の綾子《あやこ》の声は切迫《せっぱく》していた。

「親父が心不全か何かで倒れたのか？」

「ううん、そうじゃないの。深瀬大輔《ふかせだいすけ》君が自宅マンションの自分の部屋でね、午前二時過ぎに感電自殺したんだって。少し前に、深瀬君のお兄さんが訃報《ふほう》を伝えてくれたのよ」

「深瀬の奴、なんだって命を粗末にしたんだ。ばかやろうが！」

朽木は強いショックを受けた。

深瀬は早明大学法学部の一学年後輩で、学生時代から親交があった。彼は大学卒業後、四年ほど司法浪人をして、一年半前にやっと司法試験に合格した。目下、修習中だった。

「枕許には、謎めいた遺書が置かれてたそうよ」

「どんなことが書かれてたんだって？」

「おれの人生は、おれのものだ。他人にシナリオは書かせない。そうとしか記《しる》されてなかったみたいよ」

「確かに謎めいてるね。深瀬は何かで誰かに脅迫されてたようだな」

「何かで心理的に追い込まれてたことは間違いなさそうね。そんなことで厭世的《えんせいてき》な気持ちになって、発作的に命を絶《た》ってしまったんじゃないかしら？」

「そうなのかもしれない」

「深瀬君は学生のときも司法浪人中も、この家に何度も遊びに来たわよね？」

「ああ」

「彼は、わたしのビーフシチューと海老フライを気に入ってくれて、おいしい、おいしいって子供みたいな笑顔を作って……」

「そうだったな」

「深瀬君は人一倍正義感が強く、弁護士志望だったのよね？　横浜地検で修習を受けてたんじゃなかった？」

「そうだよ。磯子《いそご》の自宅から通えるって、あいつ、喜んでたんだ。関東在住の場合は、広島地検や福岡地検に送られることが多いんだけどね」

「そうなの」

「で、深瀬の亡骸《なきがら》は？」

「そのあたりのことはわからないけど、きょうの晩に仮通夜が執《と》り行われるそうよ。職務も気になるだろうけど、なんとか時間を作って弔問《ちょうもん》してあげなさい」

母が涙声で言い、先に電話を切った。

朽木はベッドに腰かけ、大声で深瀬の名を呼んだ。すべての物が色彩を失い、モノクロ写真を眺めているようだった。

悲しいくせに、すぐには涙が出なかった。

深瀬はどんな気持ちで、自分の体に電線を貼《は》りつけたのか。心臓部に電極板を固定したのだろうか。

友人の死に際《ぎわ》の姿を想像すると、胸が締めつけられた。じきに視界が涙で霞《かす》んだ。

何があったか知らないが、まだ二十八歳ではないか。なぜ死に急いだのか。身勝手すぎる。どれだけ周囲の人間が悲しむか想像つかなかったのか。

朽木は脳裏に深瀬の顔を浮かべながら、胸奥《きょうおう》で罵倒《ばとう》した。

死んだ友人の父親は、すでに他界している。母親が精密機器会社の経理部で働きながら、二人の息子を女手ひとつで育て上げた。深瀬の三つ違いの兄の敬之《たかゆき》は編集プロダクションに勤めながら、翻訳家をめざしている。

弁護士になって、苦労した母親を安心させたいと口癖のように言っていたくせに、約束不履行《ふりこう》ではないか。

朽木は涙にくれた。頰を伝う涙の雫《しずく》は口の中にも滑べり込んだ。涙は、しょっぱかった。

やがて、涙が涸《か》れた。

朽木は携帯電話を使って、滝沢に連絡を取った。

「学生時代から親しくしてた年下の友人が今朝《けさ》、死んだんだ」

「その方、おいくつだったんです？」

「二十八だよ」

「病死か、事故死なんですね？」

滝沢が訊いた。朽木は、ありのままを伝えた。謎めいた遺書のことも話した。

「その深瀬という方は何か事件に巻き込まれて、不本意なことを強《し》いられたようですね」

「滝沢君も、そう思うか。おれもそう推測したんだよ」

「そうですか」

「そういうことなんで、きょうは欠勤させてもらう。荒次長にそう伝えてほしいんだ」

「わかりました」

「それから、もう一つ頼まれてくれないか」

「なんでしょう？」

「おれの代わりに、手塚弁護士の動きを探《さぐ》ってもらいたいんだ。大物弁護士は、行方をくらました坂口と連絡をとり合ってるような気がするんだよ。だとしたら、二人がどこかで接触するかもしれないだろ？」

「ええ。手塚弁護士は、このぼくがマークします。何か動きがあったら、すぐ朽木検事に電話をしましょう」

　滝沢が通話を切り上げた。

　朽木は携帯電話を上着の内ポケットに仕舞《しま》うと、部屋の戸締まりをした。それから、ほどなく部屋を出た。自由が丘駅に急ぎ、横浜に向かった。深瀬の自宅は五、六回訪ねている。ＪＲ磯子駅にほど近い高層マンションの八〇五号室だった。

目的駅に着いたのは、午前十時半近かった。

朽木は駅前通りの花屋で花を買ってから、深瀬の自宅に足を向けた。二、三分歩いただけで、高層マンションに着いた。

朽木はエレベーターで八階に上がり、八〇五号室のインターフォンを鳴らした。

ややあって、スピーカーから故人の兄の声が流れてきた。

「どちらさまでしょうか?」

「朽木拓也です。日吉の母から連絡があって、取るものも取りあえず……」

「それはありがとうございます。どうぞお入りください。玄関のドアは開いてますんで」

「では、お邪魔します」

朽木は静かに青いスチールドアを開け、八〇五号室に入った。

奥から深瀬敬之が現われた。黒っぽいスーツを着て、きちんと地味なネクタイも結んでいた。目許《めもと》が弟とよく似ている。

朽木は、まず悔《く》やみの言葉を述べた。言いながら、涙ぐみそうになった。

「お母さんは?」

「ショックで倒れて、近くの総合病院で点滴を受けてるんですよ」

「そうですか。深瀬君と対面させてもらえますか?」

「いま、葬儀社の人たちが祭壇の準備をしてるんですよ。仮通夜はマンション一階の集会所でやることになってるんです。弟はすでに納棺されて、集会所に安置されてるんですが、まだ準備ができてないでしょうから、どうぞ居間のほうに」

深瀬敬之が奥に向かった。朽木は部屋の間取りを熟知《じゅくち》していた。故人の兄に断って、玄関ホール脇にある深瀬の部屋を覗かせてもらった。

六畳の洋室だ。壁側にベッドがあり、窓の下に机が置かれている。机上にはパソコンが載《の》っていた。書棚、CDミニコンポ、テレビの位置は昔のままだった。

朽木は胸苦しさを感じながら、ベッドを仔細《しさい》に眺めた。寝具はそっくり剝《は》がされ、ベッドマットが丸見えだ。しかし、焦げ跡も失禁の染《し》みもない。ベッドの四本の支柱もきれいなものだった。

「心臓部に火傷《やけど》がありましたけど、死顔はふだんと変わりませんでした」

故人の兄が出入口のそばで言った。

「弟さんはタイマーを使って、電流が体を走るようにセットしたんですね？」

「ええ。それから、大輔はインターネットを通じて予《あらかじ》め買っておいた強力な誘眠剤を服《の》んだようです。タイマーが作動したときは、すでに眠りに入ってたみたいですね。検視官もそう言ってました」

「それが救いかもしれませんね」

朽木は、携《たずさ》えてきた花をベッドマットの上にそっと置いた。それから彼は床にひざまずき、一分ほど合掌した。

「居間にどうぞ」

故人の兄がリビングに足を向けた。朽木は立ち上がり、深瀬が使っていた部屋を出た。

居間に行くと、二人分のコーラが用意されていた。朽木は故人の兄と向かい合わせに坐った。

「母から聞いた話によると、謎めいた遺書があったとか?」

「そうなんですよ。弟の遺書はまだ磯子署に預けてあるんですが、『おれの人生は、おれのものだ。他人にシナリオは書かせない』と乱れた文字で……」

「ほかには何も書かれてなかったんですか?」

「ええ。大輔はおふくろ思いだったから、母親には何か言い残しそうなんですけど、たったの一行も記《しる》されてませんでした」

「よっぽど思い詰めてたんだろうな。お兄さん、何か思い当たりませんか?」

「それがまったく思い当たらないんですよ。修習先の横浜地検の方たちも親切で思い遣《や》りがあると言ってましたし、修習生仲間ともうまくいってると語ってたんですけどね」

「そうですか」

「ただ、おふくろの話だと、大輔は三週間ぐらい前から、時々、暗い表情を見せるようになってたというんですよ。ぼくは、まるで気づきませんでしたけどね」

「弟さん、特定の女性とつき合ってました？　わたしが知ってる限り、そういう彼女はいなかったと思うけど」

「恋人と呼べるような女性はおろか、ガールフレンドもいませんでしたよ。弁護士になったら、まず彼女を作るんだと言ってました」

「修習後のことで、何か弟さんは悩んでませんでしたか？　たとえば、誰かに弁護士向きではないから、裁判官か検察官になれと言われたとか？」

「そういうことはなかったと思います。おふくろはもちろん、伯父《おじ》や伯母《おば》も本人の意思を大事にする人たちばかりですから」

「深瀬、いいえ、深瀬君が修習先で親しく接してた方は？」

「修習指導係の小室亮《こむろりょう》検察官、それから修習生仲間の関根幹二《せきねかんじ》君とはよく居酒屋で飲んでたようですよ。横浜地検にも弟が自殺したことは伝えましたから、小室検事と関根君は弔問してくれるかもしれません」

「そうでしょうね。弟さんは何か犯罪に巻き込まれて、袋小路に追い込まれ、逃げ場を失ってしまったとも考えられます」

「えっ」

「遺族の方に迷惑はかけませんので、少し調べさせてほしいんです。お願いします。この通りです」

「どうか頭を上げてください。もしもそうなら、こちらからお願いしたいぐらいです」

故人の兄がそう言い、上体を大きく折った。今度は朽木が慌《あわ》てる番だった。

2

足が竦《すく》みそうになった。

朽木はマンションの集会所の前で深呼吸した。あと十数分で、正午になる。

「まだ準備中みたいだけど、弟の柩《ひつぎ》を覗《のぞ》かせてもらうだけだから、別に問題はないだろう」

深瀬の実兄がそう言い、集会所のドアを開けた。

朽木は故人の兄に従って、集会所に足を踏み入れた。五十畳ほどの広さだ。奥まった場所に祭壇がしつらえられ、その前に柩が置かれている。

葬儀社の男たちが飾りつけの点検をしていた。すでに弔《とむら》い客用のパイプ椅子は整然と並べてあった。

「どうぞこちらに」

深瀬敬之が、祭壇に向かって歩きだした。朽木は故人の兄に従《つ》いていきながらも、複雑な気持ちだった。

一刻も早く友人の死顔を自分の目で確かめたいという思いと、この場から逃げだしたい気分が入り乱れていた。というよりは、烈《はげ》しくせめぎ合っていたと言ったほうが正確かもしれない。

「ちょっと対面させてもらいます」

故人の兄が深瀬の大きな遺影を取りつけている年配の男に断り、柩の前にたたずんだ。

朽木は柩に近づいた。

「おい、友達の朽木君が来てくれたぞ」

深瀬敬之が故人に声をかけ、覗き扉を開けた。

朽木は故人の顔を見た。穏《おだ》やかな死顔だった。それこそ眠っているようだ。しかし、血の色の消えた皮膚は紙のように白かった。それが、深瀬の死を実感させた。

「深瀬、何があったんだよ。どうして悩みを打ち明けてくれなかったんだ？　このおれじゃ、頼りにならないと思ったのか？」

朽木は故人の兄がかたわらにいるにもかかわらず、つい恨みがましいことを口走ってしまった。

「わたしも、朽木君と同じことを大輔に言ってやりたいよ。たった二人だけの兄弟だったんだ。結果的には弟の力になれなかったのかもしれないが、ひと言、相談してほしかったな」

「お気持ちは、よくわかります。しかし、大輔君は他者に迷惑をかけることを最も嫌ってたから、身内の方にも負担をかけたくなかったんでしょう」

「そんなのは他人行儀すぎる」

「ええ、そうですね」

「家族だけには、裸の心を見せてほしかったな。どんな人間だって、パーフェクトな生き方はできない。時には、思いもよらない運命や災難に悩まされるだろう。八方塞《ふさ》がりになったときに身内に縋《すが》っても、別に恥じゃない。そうでしょ？」

「お兄さんの言ってることは正しいと思います。しかし、大輔君は大切な家族にはどうしても煩《わずら》わしい思いをさせたくなかったんでしょう。彼なりの家族愛だったんでしょうね」

「そうかもしれないが、水臭いじゃないか」

「ええ、それはその通りですね」

「背伸びして、大人ぶる必要なんかなかったんだよ。おまえは、大ばかやろうだ」

故人の兄が弟の名を連呼しながら、拳《こぶし》で柩の蓋《ふた》を打ちはじめた。

葬儀社の社員たちの視線が一斉《いっせい》に集まったが、誰も故人の兄を咎《とが》めなかった。それどころか、どの表情にも同情の色がにじんでいた。

――深瀬、おまえは迷惑かもしれないが、おれは自殺の原因を探《さぐ》るぞ。いまのおれには、おまえを追い詰めたものを暴《あば》くことしかできないからな。

朽木は友人の死顔を見つめながら、胸底で呟いた。

「どうも見苦しいところをお見せしたな。弟の死顔を見てたら、遣《や》り切れなくなってしまってね」

「ええ、わかります。夕方、また来ます」

「いったん職場に戻られるのかい？」

「いいえ。午後から横浜地検に行ってみようと思うんです」

「弟の修習先に行かれるということは、自殺の理由を探《さぐ》りに？」

「ええ。深瀬が、いえ、大輔君が何か事件に巻き込まれた可能性が少しでもあれば、検察官として、見過ごすことはできません。安っぽい友情を発揮して、スタンドプレイを演じたくなったわけじゃないんです」

「朽木君の人柄については、生前、大輔から聞いてました。きみがスタンドプレイめいたことをするとは思っていない。でもね……」

「自死を誘発《ゆうはつ》したものがわかったところで、故人が生き還《かえ》ってくるわけではない。だから、そっとしておいてほしいという気持ちがおありなんですね？」

「うん、まあ」

故人の兄が目を逸《そ》らした。

「大輔君の遺書の内容から察すると、彼は誰かに理不尽なことを強《し》いられたんだと思います。どうやら大輔君には、何か後ろめたいことがあったようですね」

「弟が法律に触れるようなことでもしたと言いたいのかな。きみもご存じだろうけど、大輔は堅物だった。それに、正義感がとても強かった」

「ええ、そうでしたね。しかし、どんなに真面目な人間も不可抗力《ふかこうりょく》には克《か》てません。大輔君は酔っ払いに絡《から》まれて、相手の手を振り払ったのかもしれないな」

「酔った相手が転んで、頭かどこかを打って怪我をした。それを見た弟は怖くなって、その場から逃げ去った。その現場を運悪く誰かに目撃されて、法外な金品を要求された？」

「そうだとしたら、要求されたのは金品じゃないでしょうね。考えられるのは、犯罪の代行かな？」

「犯罪の代行だって⁉」

「ええ。大輔君は自分の弱みにつけ込まれて、誰かにコンビニ強盗、仕返しの私刑《リンチ》、ネット詐欺《さぎ》といった犯罪の代行を強要されたんじゃないだろうか」

「脅しに屈《くっ》して、相手の言いなりになってしまったら、弟は犯罪者になってしまう。そのことが表沙汰になったら、せっかく司法試験に通って司法修習中の大輔は憧れの弁護士にはなれない。夢を捨てざるを得なくなるわけか」

「ええ、そうです。そう考えれば、遺書の言葉の説明がつくでしょ？　きっと弟さんは何か法を破ってしまったんですよ。自らの手で夢を潰《つぶ》す形になったことで、絶望的な気持ちになったんじゃないのかな？」

「そうなんだろうか」

「わたしは、どうしても真相を知りたいんです。遺族の方たちに迷惑はかけませんので、少し調べさせてもらえませんかね？」

「わかったよ。母には、おれから朽木君の考えを伝えておく。別段、反対はしないだろう」

「よろしく。では、また夕方にうかがいます」

　朽木は集会所を出た。

　高層マンションを後《あと》にして、駅前通りにある喫茶店に入る。すぐに横浜地検に出向いても、どうせ昼食時にぶつかってしまう。そこで、時間を潰す気になったのだ。

朽木は隅のテーブル席につき、コーヒーを注文した。軽食も摂《と》れる店だったが、食欲はなかった。コーヒーを飲みながら、深瀬と過ごした日々を脳裏《のうり》に蘇《よみがえ》らせる。どの思い出も愉《たの》しく、ほほえみを誘った。

コーヒーを飲み干したとき、深雪から電話がかかってきた。

「今朝《けさ》は、ごめんね。少し前にバスジャックした犯人が現行犯逮捕されて、人質は全員無事に保護されたの」

「それはよかった」

「なんだか声に張りがないようだけど、上司と仕事のことでぶつかっちゃった？」

「そうじゃないんだ。きょうの午前二時ごろ、友人の深瀬が自宅マンションで感電自殺したんだよ」

朽木は遺書のことも言い添えた。

「拓也さんを交《ま》じえて深瀬さんとは三、四回、一緒に飲んだわよね。あの彼が自殺したなんて、とても信じられないわ。真面目な男性だったけど、性格は明るかったでしょ？」

「ああ。しかし、心理的に追い込まれて、死を選んでしまったんだろうな」

「早まったことを……」

深雪の語尾《ごび》がくぐもった。嗚咽《おえつ》を懸命に堪《こら》えているようだ。

朽木は自分の推測を語った。

「わたしも、深瀬さんは何か事件に巻き込まれたんだと思うわ」

「いまは深瀬の自宅近くの喫茶店にいるんだが、これから横浜地検に行って、故人とつき合いのあった検事や修習生仲間に会ってみようと思ってるんだ。自殺の真相がわかるかもしれないからな」

「そうね。で、亡骸はどこに？」

「自宅マンションの集会所に安置されてるんだ。今夕、仮通夜らしい」

「わたしも仮通夜に顔を出したいんだけど、これから群馬に別の取材で行くのよ。明日の本通夜か、明後日《あさって》の告別式には列席するわ」

「無理をすることはないが、そうしてやってくれないか」

「ええ。明日、また連絡するわね」

深雪が電話を切った。

朽木は煙草を一本喫《す》ってから、腰を上げた。喫茶店を出ると、ちょうどタクシーの空車が通りかかった。

そのタクシーで、朽木は横浜地検に向かった。横浜地方検察庁の九階建てのビルの前でタクシーを降りたのは、数十分後だった。近くに開港記念会館や横浜地方裁判所がある。

朽木はエレベーターで、検事フロアのある五階に上がった。

受付で身分を明かし、小室亮検事に面会を求めた。小室は三番目のブースにいるとのことだった。廊下に沿って、検事オフィスと呼ばれている小部屋がずらりと並んでいた。

朽木は三番目のブースの前に立ち、ドアをノックした。

ややあって、ドアが開けられた。現われたのは三十七、八歳の象目《ぞうめ》の男だった。中肉中背だ。

「東京地検の朽木です。小室検事でしょうか?」

「ええ、小室です。あなたのお噂《うわさ》は深瀬君から聞いてますよ」

二人は名刺を交換すると、ソファに腰かけた。

「深瀬君が感電自殺したと電話で伝えられたとき、一瞬、自分の耳を疑ってしまいましたよ。修習中、自殺の予兆《よちょう》なんかまったくありませんでしたからね」

小室が先に口を切った。

「予兆は少しもなかったんですか?」

「ええ。三日前の夜、彼と伊勢佐木町《いせざきちょう》の居酒屋で飲んで、そのあと馬車道のスナックに行ったんですよ。そのときも深瀬君は終始、明るかったな。それで、スナックではサザンの曲を五曲も歌ったほど愉《たの》しんでたんですがね。こんなことになってしまうなんて、わけがわかりません」

「深瀬は気配《きくば》りを忘れない奴でしたから、修習で世話になってる小室さんの前では極力《きょくりょく》、明るく振る舞ってたんでしょう」

「そうだったんだろうね。数日後には、彼、命を絶《た》ってしまったわけだから。わたしがもっと敏感な人間なら、深瀬君が何かで思い悩んでたことに気づいたんでしょうけどね。修習生の指導を任されたのに、わたしはいったい何をしてたんだろうか。自己嫌悪感に打ちのめされそうだね」

「そんなふうに、ご自分を責《せ》めることはないと思います。それより、深瀬は修習後の志望コースを変更するかもしれないと洩《も》らしたことはありませんでした？」

「そういうことは一度もなかったね。深瀬君は早く弁護士になって、刑事と民事の弁護をバランスよくこなしたいと張り切ってましたよ。そして、いずれは無報酬の刑事当番弁護士の登録もしたいと言ってたな」

「深瀬は人権派弁護士になりたがってましたからね」

「立派な心掛けですよ。神奈川県下には約六百人の弁護士がいますが、面倒で儲《もう》けにならない当番弁護をやってる者は半数以下しかいないんです」

「そうでしょうね」

「深瀬君のような正義感に燃えた若手が検察官になってくれたら、ありがたいんだがね。東京地検さんもそうでしょうが、ここも若い検事の数がいっこうに増えません」

「弁護士は人気職業の一つですからね」

「実際は、人が羨《うらや》むほどの高収入を得てるわけじゃないんだが、テレビドラマに出てくる弁護士は揃《そろ》って羽振《はぶ》りがいいからな」

「もう少しの辛抱《しんぼう》でしょう。だいぶ前に法科大学院修了者を対象にした新司法試験がスタートしましたからね。法務省の司法試験委員会は合格者を千人前後と決めてます。二年目の新試験では合格者数が初年度の二倍になりました」

「そうだね。今後も年々、司法修習生の数は増えるだろう。しかし、そのまま検察官や裁判官志望者が増加するとは思えない」

「一番人気が弁護士であることは、この先も変わらないでしょうね」

「それでは、アンバランスです。検事不足は深刻な問題なんだ。判事志望者数も増えていない。それじゃ、まずいんだよな」

「ええ、そうですね」

「うちに来る司法修習生たちに検察の仕事の面白さをアピールしてるんだが、ほとんど成果は上がってない。最高検察庁のお偉方を喜ばせてやりたいんですが、任検志望者の数は下降線《かこうせん》をたどるばかりでね」

「東京地検も、その問題では頭を抱えてるようですよ。下っ端のわたしは他人事と考えてますけどね」

「若いうちは、それでいいんじゃないのかな。わたしだって、二十代のころはそこまで頭が回らなかったもの」

「そうですか。ところで、深瀬は関根幹二という修習生仲間と親しくしてたとか？」

「ええ、仲がよかったね。年齢が近いんで、何かと話が合ったんでしょう。二人は昼食を一緒に摂《と》ってたし、夜もちょくちょく飲み歩いてたな」

「その関根さんにもお目にかかって、少し話をうかがいたいんですが……」

「わかりました。受付の前でお待ちいただけるかな。すぐに関根君を行かせるよ」

「よろしくお願いします。貴重なお時間を割《さ》いていただいて、ありがとうございました」

朽木は、ソファから腰を浮かせた。小室に見送られ、ブースを出る。

受付の斜め前に立っていると、司法修習生の関根がやってきた。童顔で、でっぷりと太っていた。上背《うわぜい》は百七十センチ弱だろう。

「東京地検の朽木さんですね？　あなたのことは、亡くなった深瀬さんから話をいろいろ聞いてます」

「そう。二、三十分、外に出られるかな？」

「ええ、大丈夫です」

「なら、表に出よう。外のほうが話しやすいと思うんで」

朽木は言って、エレベーターの下降ボタンを押した。待つほどもなく函《ケージ》の扉が左右に割れた。

二人はエレベーターに乗り込んだ。朽木は地検ビルから数百メートル離れた古めかしい造りのコーヒーショップに関根を導いた。BGMは、一九七〇年代のアメリカンポップスだった。聴き覚えがあった。確かイーグルスのヒットナンバーだ。

二人は奥の席に落ち着き、どちらもホットコーヒーをオーダーした。

「朽木さんが横浜地検までいらしたのは、深瀬さんの自殺の原因を調べる気になったからなんでしょ？」

関根が小声で訊いた。

「いい勘してるな。その通りだよ。何か思い当たることがあるようだね？」

「ええ、ちょっと。でも、ぼくの直感にすぎないことだから、言っていいものかどうか」

「話してみてくれないか」

朽木は促《うなが》し、セブンスターをくわえた。

「は、はい。三週間ほど前のある晩、ぼくと深瀬さんが酔って馬車道の裏通りを歩いてるとき、美女二人組に逆ナンパされたんですよ。ぼくら四人は近くのワインバーで盛り上がったんです。それから二つのカップルに分かれて、別行動をとったんですよ」

「それで？」

「ぼくは、連れの自称みずきという女の子と朝まで営業している居酒屋で飲み直したんです。ぼくは調子に乗って何度も焼酎《しょうちゅう》のロックを一気飲みしたんで、店の中で酔い潰れてしまいました。ふと目を覚ましたら、連れの彼女はいなくなってました。呆《あき》れて、先に帰っちゃったんでしょうね」

「深瀬のほうはどうしたんだい？」

　朽木は訊いた。

「その翌日に深瀬さん自身から聞いた話なんですけど、彼は真弓《まゆみ》と名乗ってた二十三、四歳の娘《こ》に誘われて、ラブホテルに行ったらしいんです」

「深瀬にしては、無防備だな」

「ええ、そうですね。でも、男ですからね。欲望には克《か》てなかったんだと思います」

「それで？」

「真弓は行為の途中で、深瀬さんに自分の首を絞めてと哀願したらしいんです。初めは取り合わなかったそうだけど、幾度も頼まれたんで、つい……」

「深瀬は相手に言われるまま、首を絞めてしまったんだね？」

「ええ、そう言ってました。真弓はすごく淫《みだ》らな声をあげて、裸身をくねらせつづけたそうです。でも、そのうち急に動かなくなったというんですよ。で、深瀬さんは相手を殺してしまったと思い、慌《あわ》ててホテルから逃げ出したというんです。でも、真弓がラブホテル内で死んだという事件報道はされなかったんですよ」

「ラブホテルがこっそり死体をどこかに遺棄《いき》したか、真弓という娘《こ》は仮死状態に陥《おちい》っただけだったんだろう」

「ええ、ぼくもそう思いました。それで、深瀬さんには後者だったにちがいないと言ってやりました。そうしたら、彼は安堵《あんど》したようでした。しかし……」

「どうしたんだい？」

「数日後、深瀬さんは別人のように暗い顔をして、何か深刻に悩んでいる様子でした。ぼくは心配になったんで、いろいろ話しかけてみたんです。だけど、深瀬さんはいつも生返事しかしませんでした」

「真弓という女は死んでしまったんだろうか。いや、そうじゃないな。おそらく深瀬は、誰かに行きずりの女を殺したと思い込まされたんだろうね。そして、そのことに目をつぶってやるからと、何かを強要されたんだろう」

「あなたの推理、正しいかもしれません。小室検事が教えてくれたんですけど、深瀬さんの遺書には『おれの人生は、おれのものだ。他人にシナリオは書かせない』と認《したた》められてたって話ですからね」

「きみは、みずきという娘《こ》の連絡先を知ってるの？」

「携帯のナンバーをしつこく訊いたんですけど、とうとう教えてくれませんでした」

「そう。深瀬のパートナーのことをできるだけ細かく教えてほしいんだ」

「髪はロン毛《げ》で、栗色に染めてました。顔立ちはモデル風でしたね。それから、青っぽいカラーコンタクトをしてましたした。身長は百六十センチぐらいでしょうか」

「深瀬たちがしけ込んだラブホテルの名は？」

「そこまではわかりません。でも、伊勢佐木町の裏手の福富町《ふくとみちょう》あたりのファッションホテルなんじゃないかな」

「そう。真弓という娘《こ》が生きてるとしたら、深瀬は罠《わな》に嵌《は》められたんだろう」

「つまり、誰かが仕組んで真弓に死んだ振りをさせたってことですね？」

「そういうことになるね」

「いったい誰が深瀬さんを陥《おとしい》れたんだ。赦《ゆる》せないな」

関根が息巻《いきま》いた。そのとき、ボーイがコーヒーを運んできた。

朽木は上体を椅子の背凭《せもた》れに密着させ、脚《あし》を組んだ。

3

僧侶の姿は見当たらない。

仮通夜だからか。祭壇の脇のスクリーンには、ありし日の深瀬のビデオ映像が流されている。午後七時過ぎだった。

朽木は集会所の中ほどまで進み、弔問の列に加わった。

通路の左右のパイプ椅子には、二十代の男女がたくさん腰かけていた。故人の旧友たちだろう。その数は優《ゆう》に五十人は超えていた。

女性の大半は、ハンカチを目頭に当てていた。声をあげて泣いている青年もいた。

仮通夜にもかかわらず、これだけ大勢の人たちが故人の死を悼《いた》んでいる。それだけ深瀬は、みんなに慕《した》われていたのだろう。

朽木はそう思いながら、目で故人の母親を探した。

深瀬の母は、柩の横の喪主席《もしゅせき》に坐っていた。憔悴《しょうすい》の色が濃い。長男の敬之がかたわらで、母親の片腕をしっかりと摑んでいる。

朽木は焼香台に近づきながら、さりげなく視線を泳がせた。

小室検事と関根は、どこにもいなかった。少し遅れて弔《とむら》いに訪れるのだろう。

ほどなく自分の番が巡《めぐ》ってきた。

朽木は用意してあった香典を供《きょう》し、焼香を済ませた。それから彼は中腰で進み、喪主の前に屈《かが》み込んだ。

「朽木君……」

「心からお悔やみ申し上げます。当分お辛いでしょうが、気をしっかりとお持ちになってくださいね」

「ありがとう。大輔は弱虫よ。何か辛いことがあったんだろうけど、死んでしまったら、それで終わりじゃないの。朽木君、そうでしょ？」

「その通りだと思います」

「さっき敬之から聞いたけど、あなたは大輔が何か事件に巻き込まれたと考えてるようね？」

「はい。関係者に会って、そのあたりのことを調べはじめてるとこです」

「あなたの友情はありがたいけど、自分の仕事を疎《おろそ》かにしないでね。朽木君は検察官の職務を全《まっと》うしなければならないんだから」

「ええ、わかってます。こんなときに無神経なお願いなんですが、携帯のカメラで遺影を一枚だけ撮《と》らせてもらってもいいですか？　息子さんの顔写真があったほうが、聞き込みに都合がいいもんですから」

「それだったら……」

故人の母が長男に目で合図した。深瀬敬之が上着の内ポケットから、白い角封筒を抓《つま》み出した。

「遺影用に使った弟の写真なんだ。これを使ってくれないか」

「それでは、お借りします」

朽木は写真入りの角封筒を受け取ると、静かに祭壇から離れた。

集会所を出ると、前方から横浜地検の小室検事が急ぎ足でやってきた。

「昼間は、どうもありがとうございました」

「いえ、いえ。もう焼香は？」

「済ませました」

「そう。わたしは被疑者の取り調べが長引いてしまって、こんな時刻になってしまった。もっと早く来るつもりでいたんだがね」

「お忙しいのに、深瀬のためにありがとうございました。遺族に代わって、お礼申し上げます」

「深瀬君には期待してたんだ。検事と弁護士と仕事面では対決するようになっても、個人的にはずっとつき合っていきたいと願ってたんですよ。惜《お》しくて仕方ない。せめて後《あと》十年は生きていてもらいたかったな」

「ええ、そうですね」

「追っつけ修習生の関根君も、ここに現われるはずです。朽木さん、三人でどこかで弔《とむら》い酒を酌《く》み交わさないか？」

「そうしたいところですが、これからちょっと聞き込みに回らなければならないんですよ」

「まだ職務が残ってたのか。それは大変だ」

「職務ではないんです。深瀬が仕組まれた罠に落ちて、その弱みをネタに誰かに理不尽なことを強要されたかもしれないんですよ」

「その話、もっと詳しく聞かせてほしいな。そうだとしたら、深瀬君の無念を晴らしてやりたいからね」

「ある程度の裏付《ウラ》けを取ったら、あなたには必ず報告します。急ぎますんで、これで失礼します」

朽木は一礼し、小室に背を向けた。

高層マンションを出ると、磯子駅のそばでタクシーを拾った。横浜の福富町に急ぐ。

二十分弱で、目的の盛り場に着いた。

裏通りには、いかがわしい風俗店が軒《のき》を連《つら》ねている。客引きの男たちが、しきりに通りかかるサラリーマンに声をかけていた。だが、誘いに乗る者はいなかった。

「若社長、ファッションマッサージはいかがですか?」

四十年配の痩《や》せこけた男が擦《す》り寄ってきた。

「先を急いでるんだ」

「そう言わないで、たまには息抜きしましょうよ。ね? 大きな声じゃ言えないけどさ、うちの店は本番もオーケーなんですよ。五十分で一万円ぽっきり! 安いでしょ?」

「あんた、夕飯にホルモン焼きを喰《く》ったな?」

「わたしの口、臭《にお》います?」

「ああ、だいぶね。口臭防止のドロップでも舐《な》めるんだな」

朽木は言い捨て、歩度《ほど》を速めた。

脇道に入ると、ファッションホテルのネオンチューブが瞬《またた》いていた。情事を娯《たの》しむためのホテルは数十軒もあった。

朽木はラブホテルを一軒ずつ訪ね、従業員に深瀬の顔写真を見せた。だが、深瀬のことを知っている者はなかなか出てこない。

反応があったのは、十九番目のホテルだった。小さなフロントにいた五十絡《がら》みの女性従業員は深瀬の顔写真を見ると、確信ありげに告げた。

「このお客さん、三週間ぐらい前にハーフっぽい顔立ちの娘《こ》と一緒に来たわよ」

「そのときのことをできるだけ詳しく教えてほしいんだ」

朽木は早口で言った。

「チェックインしたのは午後十一時過ぎだったと思うわ。だから、泊まりの料金をいただいたのよ。だけど、写真の男性は午前一時前にひとりで帰っていったわ」

「そのとき、どんな様子でした？」

「なんだか焦《あせ》ってるみたいだったわね。上着は着てたけど、ノーネクタイだったわ。わたし、たまたまモニターを観《み》てたのよ」

「写真の男が泊まった部屋は？」

「三階の三〇三号室よ」

「その部屋で異変は起きませんでした？」

「ううん、別に。連れの女は三十分ぐらい経《た》ってから、帰っていったわ。録画映像を再生すれば、正確な時刻もわかると思うけど」

「三週間前の録画は、まだ保存してあるんでしょ？」

「ええ。オーナーに言われて、丸一カ月経過してから画像を消去するようになったのよ、今年からね。去年の暮れ、不倫カップルの男のほうが部屋で連れの女性を果物ナイフで刺したの。別れ話の縺《もつ》れか何かでね。そんな事件があったんで、オーナーは警察に協力を求められたみたいね」

「実は、東京地検の者なんです。いま話に出た映像を観《み》せてもらえないだろうか」

「そう言われても、はい、そうですかってわけにはいかないわね」

相手が難色《なんしょく》を示した。

「どうしてです？」

「先々月、偽の刑事がやってきて、このホテルに薬物中毒の若いカップルがチェックインしたはずだから、マスターキーを貸してくれって言ったのよ。わたし、相手の言葉を信じて、すぐにマスターキーを渡したの。その男は客室にこっそり入り込んで、カップルたちのベッドプレイを覗いてたのよ」

「そういう変態と一緒にしないでもらいたいな」

朽木は苦笑し、身分証明書を呈示した。

「怪しんだりして、ごめんなさい」

「いいんだ。映像、観せてもらえますね？」

「はい、どうぞ」

従業員がフロントの横にあるドアを開けた。

朽木はフロントの奥に入った。事務机の上には、四台のモニターが並んでいた。壁の棚には、各種のセックスグッズが積み上げられている。

「男も女もスケベよねえ。アルコールやソフトドリンクなんかの売上よりも、セックスグッズのほうが何倍も多いの。その分、自販機の穴あきパンティーやメッシュパンティーはとんと売れなくなっちゃった。ぐふふ」

従業員が保存用ラックからＤＶＤを抜き取り、レコーダーに入れた。

モニターの一台に画像が映し出された。

早送りされる。やがて、深瀬が自称真弓とチェックインするときの映像が出た。死んだ友人は、にこやかな表情だった。行きずりの女にホテルに誘われ、気持ちが浮わついているようだ。

連れの真弓は彫《ほ》りが深く、白人の血が混じっているようにも見える。美人だった。プロポーションも悪くない。

女性従業員が、ふたたび画像を早送りした。じきに、深瀬が帰るときの姿が映し出された。

確かに慌《あわ》てた様子だ。思いなしか、顔面も強張《こわば》って見える。深瀬はてっきり行きずりの女を殺したと思い込み、すっかり混乱してしまったにちがいない。

三たび、画像が早送りされた。ほどなく真弓が帰る姿が映った。

午前一時二十一分過ぎだった。元気そのものだ。やはり、真弓はベッドで死んだ振りをしただけなのだろう。

「この娘《こ》、以前どこかで見てる気がするのよね」

女性従業員が呟《つぶや》くように言い、再生画像を静止させた。

「何度か、このホテルを利用したことがあるんじゃないですか?」

「ううん、違うわね。ここを使ったのは初めてのはずよ」

「そう」

「あっ!」

「何か思い出したんですね?」

朽木は従業員に顔を向けた。

「この娘《こ》は睡眠薬強盗だわ。行きずりの男をホテルに連れ込んで、強力な睡眠薬入りのビールを飲ませて、相手が寝入った隙《すき》に枕探しを……」

「財布から現金を抜き取ってたんだね?」

「ええ、そうなのよ。それで、横浜の旅館組合のブラックリストに載せられてたの。それから、神奈川県警が指名手配してたはずだわ。いったん捕まったんだけど、不起訴処分になったのかしらね」

「そうなのかもしれないな。おばさん、旅館組合から回ってきた注意書きは残ってます?」

「どこかにあると思うわ。ちょっと待ってて」

女性従業員が、事務机の引き出しを次々に開ける。最下段を検《あらた》め、一枚のファックスペーパーを取り出した。

朽木はファックスペーパーを受け取った。顔写真が掲《かか》げられている。真弓と名乗っていた女はショートボブだった。栗色の長い髪はウィッグだったのだろう。

本名は多岐川玲奈《たきがわれな》で、二十四歳だった。元ブティック店員らしい。現住所は横浜市戸塚区泉町と記《しる》されていた。

朽木は必要なことを手帳に書き留《と》め、ファックスペーパーを返した。

「まだ若いくせに、性質《たち》が悪いわね。体を汚さずに男から金を盗《と》るなんて、ひどすぎるわ。立ちんぼの女たちのほうがずっと増しなんじゃない？」

「ま、そうだね。相手の男たちも間抜けだけど。どうもありがとう」

「録画の娘《こ》、三〇三号室で何をやったんです？」

相手が興味を示した。朽木は言葉を濁《にご》して、ラブホテルを出た。

タクシーを拾い、多岐川玲奈の自宅に向かった。った。二階建ての家屋《かおく》は建売住宅だろう。両隣の家と造りがそっくりだった。

タクシーが遠ざかった。

朽木は門柱の呼び鈴《りん》を鳴らした。門からポーチまでは二メートルも離れていない。

少し待つと、玄関から四十八、九歳の女が現われた。頭髪にはピンクのカーラーを巻いていた。化粧っ気はない。ガウン姿だった。

「玲奈さんのお母さんですか？」

朽木は話しかけた。

「そうよ。おたく、伊勢佐木署の刑事さん？」

「いいえ、東京地検の朽木という者です」

「玲奈、東京のホテルでも枕探しをしたんですか⁉　まったく懲《こ》りないいんだから」

「そうじゃないんです。娘さんにちょっと訊きたいことがあるんですよ。玲奈さんに会わせてくれませんか」

「玲奈は、ここにはいませんよ。一年以上も前からホテルや友達のマンションを泊まり歩いて、この家には寄りつかないの」

「いそうな所に心当たりは？」

「わからないわね。娘はわたしを嫌ってて、ろくに口もきこうとしないのよ」

「母子の間に何があったんです？」

「玲奈の父親とは十数年前に離婚したんだけど、娘はわたしが勤め先の男性とつき合ってることが面白くないいんですよ」

「それで、母子の関係がぎくしゃくしはじめたんですね？」

「ええ、そうなの。玲奈の弟の賢司《けんじ》もわたしをふしだらな女みたいに言うけど、ぐうたら亭主と別れたのは三十三のときだったの。まだ女盛りよね？」

「ええ」

「なのに、わたしは二人の子供を育てるために昼間は食品加工会社で働いて、夜はビル掃除の仕事をつづけたの。玲奈たちにちゃんとした夕食は作ってやれなかったけど、外でラーメンでも食べろなんて一度も言わなかったわ」

「出勤前に昼食や夕食の用意をして、仕事に出かけられたんですね？」

「ええ、そう。サンドイッチとかカレーライス、それからおにぎりなんかが多かったけどね。学校が夏休みになっても、わたしは子供たちと一緒にいてやれなかった。玲奈も賢司も、それは寂しかったと思うわ。だけど、仕方がないじゃないの。二人の子供を食べさせていかなきゃならないわけだからさ」

「そうですね」

「わたしはがむしゃらに働いて、この建売住宅の頭金も工面《くめん》した。でも、子育てだけの人生がとっても虚《むな》しく思えてきたのよ。そんなとき、職場の上司に惚《ほ》れてしまったの。その彼には妻子がいるから、再婚する気なんかなかったわ。ただ、支《ささ》えになってくれる男性が欲しかったのよ。それだけなのに、玲奈も賢司も子供に愛情が薄いとか非難して、わたしに反抗しはじめたの。母親なんて哀《かな》しいものよね」

「弟さんなら、玲奈さんの居所《いどころ》を知ってるかもしれないな」

「賢司だって、玲奈のことなんか知らないわよ。あの子、一年以上も前から暴走族の仲間のアパートに居候して、この家にはまったく寄りつかなくなっちゃったんだから」

「それじゃ、玲奈さんの携帯電話のナンバーを教えてください」

「ナンバー、知らないのよ。玲奈は絶対に教えてくれないの。弟の賢司にも電話番号は教えてないと思うわ」

「そうですか。無駄足になってしまったな」

「娘、本当はまた睡眠薬強盗をやったんでしょ？」

　玲奈の母がおずおずと訊いた。

「違いますよ。そういえば、玲奈さんは神奈川県警に強盗容疑で指名手配されてたんでしょ？　逮捕されたんですね？」

「ええ、今年の二月にね。伊勢佐木署に十日ほど留置されて、横浜地検に送致されたの。だけど、被害者の男性たちが恥を晒《さら》したくないとかで、全員が被害届を取り下げてくれたんですよ。おかげで、玲奈は釈放されたの」

「そういうケースは珍しいな。確かに被害者の男たちは間抜けだが、全員が被害届を引っ込めるなんてね」

「玲奈は刑事さんや検事さんに色目を使って、そうしてもらったんじゃないのかしら？あの子なら、やりかねないわ」

「警察も検察も色仕掛けに引っかかったりしませんよ。むしろ、どちらかが娘さんに司法取引を持ちかけたのかもしれない。アメリカなんかと違って、日本の法律は麻薬と銃器以外の司法取引を禁じてますが、何事も例外がありますからね」

「玲奈は枕探しに目をつぶってもらう代わりに捜査機関に何かやらされてるのかしら？」

「そういうことはないと思いたいな。夜分にご迷惑をかけました」

朽木は詫びて、玲奈の自宅から離れた。

いくらも歩かないうちに、彼は背中に他人の視線を感じた。どうやら尾行されていたらしい。

朽木はゆっくりと屈《かが》み込んだ。靴の紐《ひも》を結び直す振りをして、後方を振り返った。すると、肥満体の男が暗がりに走り入った。動きから察して、まだ若そうだ。しかし、顔はよく見えなかった。

朽木は立ち上がると、逆走しはじめた。怪しい人影が消えた場所まで一気に駆けた。闇を透《す》かして見る。動く人影はなかった。とうに逃げ去ったのだろう。

朽木は玲奈の家の前を抜け、表通りに向かった。

広い道でタクシーを待っていると、検察事務官の滝沢から電話がかかってきた。

「朽木検事、坂口の潜伏先がわかりました。坂口専務理事は、手塚弁護士の別荘に隠れてたんです。弁護士を乗せたベンツを公用車で追尾《ついび》したら、ここにやってきたんです」

「そこは、どこなんだ？」

「栃木県の那須高原です。いま手塚と坂口は別荘の大広間《サロン》でシャンパンを飲みながら、談笑してます。ドレープカーテンは横に払われたままで、レースの白いカーテン越しに家の中が丸見えなんですよ」

「携帯はカメラ付きだよね？」

朽木は確かめた。

「ええ、そうです」

「大広間に忍び寄って、坂口と手塚の姿をカメラに収めてくれ」

「わかりました。そのあとは、どうしましょう？」

「写真を撮ったら、ひとまず東京に戻ってくれ」

「了解しました。あっ、ううーっ」

滝沢の呻き声が聞こえ、通話が急に途絶《とだ》えた。

朽木は、すぐにコールし直した。だが、先方の携帯電話の電源は切られていた。

滝沢は敵の手に落ちたのだろう。このままでは、危険だ。栃木県警の協力を仰《あお》ごう。

朽木は、せっかちに数字キーを押しはじめた。

4

列車が黒磯《くろいそ》駅のホームに滑り込んだ。

東北新幹線だ。午前十一時過ぎである。

朽木は下車し、改札に急いだ。栃木県警本部から滝沢検察事務官を保護したという連絡を受けたのは、明け方だった。

警察の話によると、滝沢は麻袋を頭にすっぽりと被せられ、東北自動車道の那須ＩＣ《インターチェンジ》近くの雑木林の太い樫《かし》に白い結束紐で縛りつけられていたらしい。首筋に高圧電流銃《スタンガン》の電極を押しつけられた痕跡があったが、無傷だという。検察事務官は黒磯署の仮眠室にいるはずだ。

朽木は改札口を出ると、タクシーに飛び乗った。

黒磯署まで、それほど時間はかからなかった。朽木は釣り銭とレシートを受け取ると、署内に駆け込んだ。

受付で身分を明かし、来意を告げた。若い制服警察官に導かれ、仮眠室に入る。

滝沢は奥のベッドで、小さな寝息を刻んでいた。

「何かご用がありましたら、いつでもお声をかけてください」

制服警官が敬礼し、仮眠室から出ていった。

朽木は足音を殺しながら、滝沢のベッドに近づいた。壁際に円椅子《まるいす》が置いてあった。それを引き寄せ、そっと腰を落とす。

その気配で、滝沢がめざめた。

「朽木検事、わざわざ来てくれたんですね？」

「滝沢君のことが気がかりだったんで、東北新幹線でこっちに来たんだよ。昨夜《ゆうべ》のことを詳しく話してくれないか。栃木県警から大雑把《おおざっぱ》な話は聞いてるんだがね」

「わかりました。いま、起きます」

「寝たままで話してくれればいいよ」

朽木は言った。

「それでは、そうさせてもらいます。立木《たちき》にきつく縛りつけられてたんで、全身の筋肉が痛くって」

「大変な目に遭《あ》わせてしまったな。おれが手塚たちの写真を撮れなんて言わなければ、こんなことにはならなかったはずだ。滝沢君、勘弁してくれ」

「検事が悪いんじゃありませんよ。ぼくがヘマをやったんです。まさか背後に魔手が迫ってるなんて思ってもいませんでしたから、手塚弁護士の別荘の柵越《さくご》しに大広間《サロン》の様子をうかがってたんです。そして、検事と電話中に襲われたんです」

「スタンガンをきみの首に押し当てた奴のことを話してくれ」

「黒いフェイスマスクを被ってたんで、顔は見ることができなかったんです。体格がよくて、動きは若々しかったですね」

「手塚弁護士のお抱え運転手とは考えられないか？　別荘には、手塚、坂口、お抱え運転手の三人しかいなかったんだろう？」

「ええ、多分ね」

「それなら、お抱え運転手かもしれない。その先の話をしてくれないか」

「はい。高圧電流銃で強い電流を通されて、ぼくはその場にへたり込んでしまったんです。すると、まず口を粘着テープで塞《ふさ》がれ、次に麻袋を頭から被せられました。さらに樹脂製の紐で両手を腰の後ろで括《くく》られました」

「暴漢はナイフか何か持ってたのか？」

「アイスピック、いいえ、あれは千枚通しだったんだと思います。先が細くて、尖《とが》ってましたんでね。ぼくは千枚通しで脅されながら、車のある所まで歩かされました。そして、車の後部座席に腹這いに寝かされたんです」

「麻袋なら、少しは物が透けて見えたと思うんだが……」

「それが見えませんでした。というのは、麻袋の内側にガムテープが貼られてたからなんです」

「そうか。車は、フェイスマスクを被った奴が運転したんだね？」

「ええ、そうです。直《じか》に見たわけではありませんけど、気配は感じ取れましたんで、間違いはないと思います」

滝沢が答えた。

「車は手塚の別荘を出ると、そのまま那須ＩＣ近くの雑木林に向かったんだね？」

「はい」

「その間、敵は何か脅迫じみたことを言った？」

「そういうことは何も言いませんでした。ただ、数分経《た》ってから『殺しやしないから、安心しろ』と低い声で呟いたな。その言葉を聞いて、ぼくはひと安心しました」

「交通事故鑑定人も、結束紐で絞殺されたんだったな。滝沢君を雑木林の中に放置した奴が古宮殺しの実行犯なんだろうか」

「結束紐を使ってるわけだから、その可能性はあると思います」

「そうだよな。滝沢君、携帯電話はどうした？」

「フェイスマスクの男は撮影済みの画像をチェックしただけで、すぐにぼくの上着のポケットに入れました」

「相手は手袋《てぶくろ》を嵌《は》めてたんだろうな？」

「ええ、布《ぬの》手袋をね」

「それじゃ、滝沢君の携帯電話には犯人の指紋も掌紋《しょうもん》も付着してないわけだ」

「ええ、そうですね。検事が栃木県警にぼくの保護を要請してくれなかったら、いったいどうなってたのかな。縛られた場所は雑木林のほぼ真ん中で、道路からは見えないんです。体が衰弱し切ったら、おそらく縛られたまま息絶えてたんでしょうね」

「怖い思いをさせてしまったな」

「朽木検事が謝《あやま》ることはないですよ。それより、自分があまりに喰い意地が張ってるんで、情けなくなりました」

「情けなくなった？」

朽木は問い返した。

「ええ、そうです。もうすぐ自分が死ぬかもしれないと感じたとき、家族や友人の顔はまったく脳裏に浮かんでこなかったんですよ」

「喰いものが浮かんだんだな？」

「そうなんです。それも高級食材をふんだんに使った豪華メニューなんかじゃなく、ジャンボ天丼とか、肉汁たっぷりの中華饅頭《まんじゅう》なんかが浮かんだんですよ。自分はつくづくB級グルメなんだと思いましたね」

「いいじゃないか。死ぬ前に大間《おおま》の本鮪《ほんまぐろ》の大トロを腹一杯喰《く》ってみたいと思ったりしたら、発想が貧乏たらしくて、かえって惨《みじ》めだからな」

「そうですかね」

「Ｂ級の喰いものをこよなく愛すというのも、粋なことだよ。値の張る喰いものを求めるのは成金のやることさ。野暮ったくて、みっともないよ」

「ぼくも、そう思ってるんです。もっとも極上《ごくじょう》のステーキや鮨《すし》を喰うだけの金もありませんけどね」

「そういう軽口を言えるようになったんだから、もう大丈夫そうだな」

「ええ、この通りです」

滝沢が上体を起こし、両腕に力瘤《ちからこぶ》を作ってみせた。

「保護されてから、きみは黒磯署の連中と一緒に手塚弁護士の別荘に戻ったんだろ?」

「はい。しかし、もう手塚も坂口も消えてました。車寄せのベンツもね」

「滝沢君、公用車は?」

「黒磯署の捜査員がクラウンをここまで運んでくれたんです。車は駐車場のどこかにあると思います」

「そうか。それじゃ、地検の車で手塚のセカンドハウスに行ってみよう」

朽木は立ち上がり、円椅子を元の場所に戻した。滝沢がベッドを離れ、身仕度を調《ととの》えた。

二人は仮眠室を出た。

ちょうどそのとき、階段のある方向から五十二、三歳の男がやってきた。額が大きく禿《は》げ上がり、太鼓腹《たいこばら》が重たげだ。

「刑事課長の森戸《もりと》警部ですよ」

滝沢は朽木に耳打ちし、大声で世話になった礼を述べた。

朽木は会釈《えしゃく》し、自己紹介した。森戸課長も名乗った。

「滝沢君を保護していただいて、ありがとうございました」

朽木は森戸に言った。

「お怪我がなく、何よりでした。仮眠室に入られる前に滝沢さんに被害届を出していただいて、事情聴取もさせてもらいました」

「当然のことです」

「部下が手塚氏に問い合わせてみたんですが、氏は四月上旬以来、一度も別荘には訪れてないというんですよ。それから、知人に別荘を使わせたこともないと答えたそうです」

「手塚弁護士は、そう言い張ってるんですか？」

「ええ」

「滝沢さんの話と違うんで、別の課員を別荘地の管理人のとこに行かせたんですよ。あのあたりの別荘は水道、電気、プロパンガスも所有者がいつでも自由に使えるので、いちいち管理事務所に立ち寄る方はいないらしいんです」

「そうなんですか。それでも管理人の方は、一日に一回は別荘地内を車で巡回されてるんでしょ？」

「ええ、そういう話でした。しかし、四月上旬以降、手塚氏の別荘には一度も電灯が点いてないし、ごみも出されてないということでしたね」

「管理事務所の方は、故意に嘘をついてるんです。きっとそうだ」

　滝沢が口を挟んだ。

「なぜ、そこまで言えるんです？」

「ぼくは東京から手塚弁護士を乗せたベンツを追ってきたんですよ。そして、手塚氏がお抱え運転手とともに別荘に入ったのをこの目で見たんです。別荘の中には、手塚氏の知り合いの坂口という男がいました。坂口は数日前から別荘に寝泊まりしてたんだと思います」

「そうだったら、管理人が巡回で気づかないはずないでしょ？」

「だから、管理事務所の人は嘘をついてるんですよ。おそらく手塚弁護士に金を握らされ、事実を曲げたんでしょう」

「こちらで調べたところによると、手塚氏は超大物の弁護士ですよ。そういう方が管理人を抱き込んで、嘘の証言をさせたとは……」

森戸が語尾をぼかした。

「それじゃ、ぼくがいい加減なことを言ったとおっしゃるんですかっ。ぼくが雑木林の樫に縛られてたことは知ってますよね！　それから、首筋に軽い火傷《やけど》を負ってることも。フェイスマスクの男にスタンガンを押し当てられたときにできた火傷の痕です」

「あなたが暴漢に襲われたという話まで疑ってるわけじゃありませんよ。そのことは事実でしょう。しかし、隣家の敷地から大広間《サロン》で客と談笑しているところを見たという話は信憑性《しんぴょうせい》がないと思えたんです」

「森戸課長！」

滝沢が気色《けしき》ばんだ。

朽木は滝沢を目顔《めがお》でなだめた。滝沢は不服げだったが、口を噤《つぐ》んだ。

「なぜ、滝沢さんは手塚弁護士を東京から追尾《ついび》してきたんです？」

森戸が朽木に顔を向けてきた。

「われわれは、ある事件の関係者を内偵中なんですよ。手塚弁護士がその事件に関わってる疑いがあるんです」

「どんな事件なんです？」

「それは明らかにはできません。極秘の内偵捜査なんでね」

「超大物弁護士が何らかの形で犯罪に絡《から》んでる疑いがあるなんて、とても信じられません」

「でしょうね。われわれも、最初はそうでしたよ。滝沢君を襲った犯人のことがわかったら、連絡してもらえますね？」

「ええ、もちろん」

「それでは、われわれは東京に戻ります。保管していただいてるクラウンの鍵《キー》は？」

「駐車場にある車にキーは差し込んであります」

「わかりました。大変お世話になりました」

朽木は森戸に言って、かたわらの滝沢を促《うなが》した。

二人は署の建物を出ると、駐車場に回った。東京地検の公用車は造作なく見つかった。

「手塚の別荘まで道案内を頼むよ」

「検事に運転させては申し訳ありません。ぼくがハンドルを握ります」

「いいから、早く助手席に坐ってくれ」

朽木は相棒を急《せ》かして、運転席に腰かけた。滝沢が慌《あわ》ただしく乗り込みドアを閉めた。

クラウンを発進させる。朽木はナビゲーターの滝沢の道案内に従って、那須町方面に向かった。

手塚の別荘は、那須岳の北麓《ほくろく》にあった。

五百坪ほどの敷地に、アルペンロッジ風の建物が建っている。自然林を取り込んだ形の庭は新緑に覆《おお》われていた。ひっそりと静まり返り、人のいる気配はうかがえない。

「管理事務所に合鍵を預けてあるはずだ。そいつを借りて、別荘の中をチェックしてみよう。そうすれば、手塚がセカンドハウスに坂口を匿《かくま》ってたかどうかはっきりする」

「管理人、すんなりと合鍵を出しますかね？」

「おれに任せろって」

朽木はクラウンをふたたび走らせはじめた。別荘地内をしばらく進むと、管理事務所が見えてきた。

管理事務所の真ん前に公用車を停め、朽木たち二人は外に出た。

事務所内に入ると、五十代半《なか》ばの男がテレビを観《み》ながら、缶ビールを呷《あお》っていた。

「昼間っから、いい身分だな」

朽木は男に話しかけた。

「おまえたち、誰なんだ？」

「東京地検の者です。別荘の管理人の方ですね？」

「そうだけど」

「お名前は？」

「片岡《かたおか》、片岡昌夫《まさお》だよ」

「わたしは刑事部の朽木です。連れは検察事務官の滝沢です」

「用件を早く言ってくれ」

「手塚清の別荘の合鍵をお借りしたいんです」

「所有者の許可を貰ってくれなきゃ、預かってる合鍵は渡せないね」

「片岡さん、偽証罪を軽く見ないほうがいいですよ」

「えっ、何を言ってるんだ⁉　唐突《とうとつ》に何なんだね？」

「あなた、黒磯署の人に四月上旬以降、手塚弁護士の別荘は使われてないと言ったようだが、それは事実ではないんでしょ？」

「あんた、あやつけてんのかっ。だったら、売られた喧嘩《けんか》は買うぞ」

片岡が目を攣《つ》り上げ、ソファから立ち上がった。滝沢が困惑顔になった。

「数日前から、手塚清の別荘に知人の坂口という男が泊まってるという密告電話があったんですよ」

朽木は鎌をかけた。

合法すれすれの駆け引きだった。喋った音声を録音されたら、もちろん捜査に行き過ぎがあったと非難されるだろう。

管理人がうろたえた。視線を気忙《きぜわ》しく泳がせ、そわそわしはじめた。

「やっぱり、そうでしたか。あなたは手塚に頼まれて、嘘をついたんですね？」

「そ、それは……」

「謝礼は、いくら貰ったんです？」

「金なんか貰ってない。缶ビールを三ダース貰ったきりだよ。手塚さんには盆暮れのつけ届けをしてもらってたんで、頼みを断れなかったんだ」

「坂口とは会ったことがあるのかな？」

「一度、姿を見かけただけで、口をきいたことはないね」

「坂口の許《もと》に食料なんかを届けた人間は？」

「そういう者はいなかったよ。手塚さんの知り合いは別荘に来た日に、食料を大量に買い込んできたんじゃないの？　きっとそうだ」

「坂口は、ずっと別荘に引きこもってたんですか？」

「小まめに巡回してるわけじゃないから、はっきりとは言えないけど、そうなんだろうな」

「そうですか」

「お、おれは偽証罪で法廷に立たされることになるの？」

「手塚弁護士の別荘の合鍵を渡してくれたら、警察の人たちに余計なことは喋りませんよ」

朽木は穏《おだ》やかに言った。

片岡が黙ってうなずき、キーボックスに走り寄った。朽木は合鍵を受け取ると、滝沢と管理事務所を出た。

二人はクラウンに乗り込み、手塚の別荘に引き返した。門扉《もんぴ》は閉まっていたが、ロックはされていなかった。

滝沢が公用車から降り、白い扉を大きく押し開いた。朽木はクラウンを車寄せまで進めた。

ほどなく二人は、別荘の中に入った。

広い玄関ホールの左脇に豪華なサロンがあり、その奥に二つの洋室があった。

右側にはダイニングキッチン、バスルーム、家事室などがあった。

「ぼくは二階の部屋を見てきます」

滝沢がそう言い、贅沢《ぜいたく》な造りの階段を駆け上がっていった。

朽木は大広間《サロン》に入った。三十五畳ほどの広さで、家具や調度品の類《たぐい》はどれも安物ではない。大半が外国製なのだろう。

隅々《すみずみ》まで検《しら》べてみたが、手塚と坂口が裏取引をしたことを立証できそうな物品は見当たらない。朽木は奥の二室も点検してみたが、やはり期待は裏切られた。

二階はどうだろうか。

朽木は玄関ホールに戻り、ゆっくりとステップを昇った。

階上には、寝室が四つあった。廊下を進んでいると、端の部屋から滝沢が出てきた。

「どうだった？」

「坂口がここに隠れ住んでた痕跡は、まったく残されてませんね。それから、闇取引を裏付けるような物も何も見つかりませんでした」

「そう。階下《した》にも手がかりはなかったよ」

「残念ですね」

「ああ。しかし、これで手塚がセカンドハウスに坂口を匿《かくま》ってたことがはっきりした。つまりは、二人の間に裏取引があったってことさ」

「そうですね」

「滝沢君、東京に戻ろう」

朽木は体の向きを変えた。

第五章　恐るべき陰謀

1

総務部長の顔が強張《こわば》った。

『堀越モータース』から譲り受けたパソコンのプリントアウトを見せた瞬間だった。朽木は、下条部長から目を離さなかった。

日新自動車本社の八階にある応接室だ。深瀬の告別式のあった翌日の午後四時過ぎだった。かたわらのソファには、第三生命で保険外交員をしている向坂逸子《さきさかいつこ》が腰かけていた。

きのう滝沢検察事務官が逸子を説き伏せ、朽木と同行することを認めさせてくれたのである。逸子は大事な証人だった。

「下條さん、左の写真は修理前のブレーキワイヤー留具部分です。そして、右側は修理後にデジカメで撮ったものです。修理前の溶接が甘く、留具が浮いてるのは見て取れますよね？」

「ええ、まあ。しかし、これだけで『ペガサス』に欠陥があったと決めつけられてはかないませんね。ユーザーの運転が荒っぽくて、問題の箇所《かしょ》を縁石《えんせき》かどこかにぶつけたとも考えられます」

「そうおっしゃると思って、わざわざ隣にいる向坂さんにもご足労《そくろう》いただいたわけです。向坂さんは購入したばかりの『ペガサス』のブレーキの調子が悪いんで、自宅近くの的場モータースに整備に出されたんです」

「そうなのよ。そうしたら、整備工場の人がブレーキワイヤー留具の溶接がおかしいと言ったんです」

　向坂逸子が会話に割り込んだ。

「それで、お客さまはその自動車整備工場で留具部分の溶接をし直してもらったんですか？」

「ええ、そう。修理代は三万八千円だったと思うけど、まだ新車も新車よね。なんだか納得できなかったんで、わたし、『ペガサス』を買った日新自動車市谷販売所に行って、担当販売員の内藤学さんに的場モータースの修理明細のある請求書と領収証を見せたんですよ。そうしたら、内藤さんは所長のとこに相談に行ったの。そして、現金三十万円入りの封筒を差し出したんですよ」

「それは詫《わ》び料ということなんでしょうか？」

「でしょうね。というよりも、欠陥のことを口外しないでくれという口止め料のつもりだったんだと思うわ」

「お言葉を返しますが、欠陥という言い方は不適切だと思います。小社の各販売所から商品の欠陥をお客さまに指摘されたという報告は本社には一件もありませんからね」

「でも、現にわたしは修理代の十倍近いお金を貰ったのよ。担当の内藤さんと所長が『ペガサス』のブレーキワイヤー留具部分に欠陥を認めたからこそ、三十万も包む気になったんでしょ？」

「お客さまがそのように解釈されるのはご自由ですが、市谷販売所としては欠陥を認めたということではなく、向坂さんに手間をかけさせてしまったことに対する謝罪の気持ちだったんだと思います」

「それじゃ、うかがいますけど、『ペガサス』に欠陥箇所はなかったと言うんですか？」

「くどいようですが、販売所から、欠陥車を扱ったという報告は本社にまったく届いておりません」

「欠陥のある『ペガサス』なんか一台も売ってないと言い張るの？」

「そういうことになりますね、はい！」

下條部長が言った。生保レディーが呆《あき》れ顔になった。

「名前を出すわけにはいきませんが、本社勤務の若い社員が同期入社の販売所スタッフに『ペガサス』のリコール隠しをやってる疑いがあると洩らしてるんです」

「誰がそんなでたらめを言い触《ふ》らしてるんです？　その社員の氏名を明らかにしてください」

「それは言えません。その彼にも生活があるわけですから、解雇に追い込むようなことはできませんよ」

「その話は、検事さんが思いつかれた揺さぶりなんでしょ？」

「下條さん、ユーザーを欺《あざむ》いてたら、天下の日新自動車もいつか経営危機に陥るんじゃありませんか？　数年前にもワンボックスカーのスライドドア部分に欠陥があって、リコール騒ぎを起こしたことがありますよね？」

「それだから、全社員が一丸となって、ユーザーにご満足していただける商品を提供するよう力を合わせてきたんです」

「頑固《がんこ》な方だな。町の自動車整備工場だけでも、もう五台の欠陥車が見つかってるんです。去年十一月末の事故で亡くなった西郷知佳さんが運転してた『ペガサス』のブレーキワイヤー部分に欠陥があった可能性もあるんです」

「待ってください。その事故は、池上署が運転ミスによる事故と断定したはずです」

「ええ、そうですね。しかし、その断定が絶対に間違っていないと言い切れますか？」

「そういう屁理屈《へりくつ》にまともに答える気はありませんね」

「これじゃ、話の接点が生まれないな。『菊川モータース』の社長にここに来てもらいますか。菊川社長、あなたとの遣《や》り取りを録音してたんじゃないかな？　日新自動車の指定整備工場の看板を掲《かか》げられる上《うえ》に、向こう十年間月々五十万円も振り込んでもらえるなんて話はめったにありませんからね」

「それは先日も言いましたが、菊川氏がそう要求しただけで、こちらが要求を呑《の》んだわけじゃないんです」

「菊川社長とここで対決してほしいな。それから、ついでに全日本消費者ユニオンの坂口専務理事も呼んでもらいましょうか。坂口氏、手塚顧問弁護士の那須の別荘から消えてから、行方がわからないんです」

「なぜ、坂口さんの話まで持ち出すんです？」

「坂口専務理事は『ペガサス』の欠陥を糾弾《きゅうだん》する気でいたのに、突然、日新自動車に噛みつかなくなった」

「それは『ペガサス』が欠陥車ではないことがわかったからでしょう？」

「そうじゃないと思うな。坂口彰は御社《おんしゃ》の顧問弁護士の手塚清氏と裏取引をしたんでしょう」

朽木は言った。

「臆測《おくそく》や推測でそこまで言ってもいいのかな？　検察官のバックに法務大臣がいるか

らって、それほど尊大になってもいいのかっ」

「状況証拠は、もう摑んでるんですよ。手塚弁護士は、坂口の愛人の銀行口座に三億円を振り込んでる。その金は、いわゆる口止め料です」

「口止め料？」

「まだ空とぼける気ですか。『ペガサス』のリコール隠しを坂口に口外されたら、日新自動車は社会的な信用を失うことになる。といって、会社が直《じか》に坂口を金で抱き込むことはできない。で、顧問弁護士に汚れ役を引き受けてもらった。むろん、手塚にはそれなりの報酬を払ってね」

「そこまで会社と手塚先生を侮辱《ぶじょく》するなら、こちらもとことん闘《たたか》うぞ。あんたを法廷に引きずり出して、恥をかかせてやる」

「わたしを告訴する気ですか。日新自動車の欠陥隠しが明るみに出てもいいなら、どうぞお好きなように」

「不愉快だ。二人とも帰ってくれ。ここが自宅なら、あんたにイサカの散弾銃《ショットガン》の銃口を向けてやるんだが」

「おや、下條さんは猟銃を持ってるんですか？」

「そんなことはどうでもいいだろうが！」

　下條が額に青筋を立て、勢いよく立ち上がった。

職場に時限爆破装置入りの小包を送りつけてきたのは、目の前にいる男なのかもしれない。

朽木は、向坂逸子を目顔で促《うなが》した。生保レディーが弾《はじ》かれたように腰を上げ、そそくさと応接室を出た。朽木もソファから離れた。

二人はエレベーターで一階に降りた。玄関前で向坂逸子と別れ、朽木は裏通りに入った。

物陰に入り、滝沢に電話をかける。相棒は手塚弁護士のオフィスのあるビルの近くに張り込んでいるはずだ。

「下條に揺さぶりをかけて、少し前に本社ビルを出てきたとこなんだ」

「そうですか。で、総務部長の反応はいかがでした?」

「堀越モータースから譲ってもらったプリントアウトの写真を見せたら、下條部長は明らかに狼狽《ろうばい》したよ」

「もっと早く揺さぶりをかけてもよかったですね?」

「いや、ぎりぎりまで待って正解だったんだと思う。勇み足を踏んだら、手塚弁護士が地検に圧力をかけたかもしれないからな。そうなったら、欠陥やリコールのことはうやむやにされかねない」

「そうか、そうですね」

「それから、保険外交員の向坂逸子に証人として同席してもらったことも、先方にダメージを与えたと思う。彼女は市谷販売所から三十万円の現金を貰ったことや担当販売員の内藤学のこともはっきりと口にしたからね」

「そういうことなら、下條は焦《あせ》って手塚弁護士と打開策を講じるでしょう」

「ああ、おそらくね。二人は、きっとどこかで落ち合うにちがいない。滝沢君、手塚をしっかりと尾行してくれ」

「任せてください。朽木検事に言われたようにきょうはレンタカーのマークX《エックス》に乗ってますし、変装用の黒縁眼鏡《くろぶちめがね》もかけてるんです。大物弁護士が張り込みや尾行に気づく心配はありませんよ」

「そうだといいね」

「検事は、これから自殺された友人の件で横浜に回られるんでしたね？　何か動きがあったら、こちらから報告しますよ」

電話が切られた。

朽木は携帯電話を耳から離し、終了キーを押した。次の瞬間、江戸っ子刑事の久松から電話がかかってきた。

「朽木ちゃん、意外な展開になったぜ。古宮克俊の倅《せがれ》の昭如がさ、一時間前に新宿署に出頭してきたんだよ」

「出頭⁉」

「ああ。遊び仲間の二人の男に父親を拉致《らち》させて、自分が多摩川下流の河川敷で交通事故鑑定人を結束紐で絞殺したってな。古宮の死体を新宿中央公園に遺棄《いき》したのは、拉致犯の二人組だと供述してる。間もなく三谷たち所轄の人間が二人組を任意同行で引っ張ってくるだろう」

「久松さん、何か裏があるんだと思います。おそらく坂口か手塚に大きな人参《にんじん》をぶら提《さ》げられて、古宮昭如は身替わり犯になったんでしょう」

「おれもそう直感したんだが、昭如の自供にこれといった矛盾点はねえんだよ」

「動機については、どう供述してるんです？」

「父親が急に頭金を出してやるから分譲マンションを買えと言ったとき、息子の昭如は親父《おやじ》が何か金蔓《かねづる》を掴んだと直感したってんだ。それで奴《やつ》っこさんは父親に自分も手伝うから、恐喝材料を教えろと迫ったらしいんだよ」

「古宮はどう反応したんです？」

「元交通警官の自分が悪事を働くわけないだろうと怒鳴りつけられたらしい。その後、昭如は親父が再婚する予定の畔上翠と住むマンションを探してると知って、古宮が誰かを強請《ゆす》ってると確信を深めたんだってさ。で、奴はある晩、父親の事務所に忍び込んで、恐喝材料を探したらしいんだ」

「そうですか」

「スチールキャビネットにICレコーダーが入ってたらしい。古宮の息子は、音声をすぐ再生してみたそうだ。レコーダーには、父親と全日本消費者ユニオンの専務理事の会話が収録されてたという話だったよ」

「録音内容を教えてください」

「古宮は『ペガサス』の欠陥に目をつぶってやったんだから、二千万円の謝礼じゃ納得できねえと言って、坂口にあと五千万円欲しいと日新自動車に掛け合ってくれと頼み込んでたらしい」

「それに対して、坂口はどう受け答えしてたんです？」

　朽木は早口で問いかけた。

「最初、坂口は『あまり欲をかくなよ』と言ったそうだ。そうすると、古宮は『あんたが協力してくれないんだったら、おれは手塚法律事務所か日新自動車に乗り込む』と凄《すご》んだみてえだな」

「坂口は焦《あせ》ったでしょうね？」

「ああ、だいぶな。坂口は『できるだけの努力はしてみる』と約束して電話を切ったらしい」

「その後、昭如はどうしたんです？」

「ＩＣレコーダーを持って、北品川にある実家に車を飛ばしたと言ってた。親父に事務所から盗んだＩＣレコーダーを見せたら、いきなり顔面を殴打されたそうだ。逆上した昭如は自分にも一枚嚙ませなかったら、『ペガサス』の欠陥に目をつぶって二千万円をせしめたことをマスコミに流すと脅したらしい。単なる威《おど》しのつもりだったと言ってたが、今度は父親のほうが激昂《げっこう》しちまったんだってさ。古宮は再婚相手の翠に自分の生命保険金を含めて全財産を相続させるという遺言状を公正証書にして、昭如には一銭もやらないと言い放ったみてえなんだ」

「それで、父親に対する殺意が膨《ふく》らんだわけか」

「昭如は、そう供述してる。しかし、母親の仏壇がある部屋で実の父を殺害することはさすがにできなかったらしい。そんなわけで、奴さんは遊び仲間の安達岳志《あだちたけし》と横尾快《よこおかい》に二十万円ずつ渡して、父親を引っさらわせたらしい。それで奴は、多摩川の下丸子《しもまるこ》の河原で古宮を殺害し、安達たち二人に死体を遺棄させたと自白《ウタ》ったんだ。金銭欲から実父を殺《や》っちまうなんて、世の中、どうかしてるぜ」

久松が嘆《なげ》いた。

「ＩＣレコーダーは、どうなったんでしょう？」

「古宮が事務所のスチールキャビネットに戻したか、北品川の自宅のどこかにあるんだろう。その二カ所は捜査員が捜索中だから、レコーダーはどっちかで見つかると思

難しいだろう」

「ああ、そうだな。けど、坂口と結託《けったく》してた手塚まで重要参考人として引っ張るのは
うぜ」

「その収録音声があれば、坂口を追い込めるな」

「ええ。手塚が坂口の愛人のクラブホステスの銀行口座に三億円振り込んだという証言はあるんですが、その金は欠陥車を買ったユーザーに渡す和解金だと空とぼけられたら、坂口の恐喝と日新自動車のリコール隠しを立件できないかもしれませんからね」

「朽木ちゃん、焦《あせ》ることはねえよ。若いときは誰もせっかちになっちまうが、天網《てんもう》恢々《かいかい》、疎《そ》にして漏《も》らさずさ。どんな小さな悪事でも、天罰を免れることはできねえ。そのうち、必ず手塚や日新自動車を追い込めるって」

「そうだといいんですがね」

「自信を持ちなよ。坂口と手塚が裏取引したこともよくねえけど、会社ぐるみで欠陥車のリコール隠しをしてた日新自動車が最も悪いんじゃねえのか？」

「ええ、そうですね。二度の欠陥車騒ぎで売上が激減すれば、日新自動車は二万数千人の社員の半分をリストラしなければならなくなるかもしれない。それによって、リストラされた元社員の家族は路頭に迷うことになるでしょう」

「そうだな。何が何でも、欠陥車のことは隠したいわけだ」

「だからといって、大企業が消費者を裏切るようなことをしてはいけません。それが許されると思ってるんだったら、日新自動車の役員たちは思い上がってますよ。経営能力はあっても、人間としてはまったく評価できませんからね」

「朽木ちゃんの言う通りだな。人間は偉くなると、どうしても特権意識を持ちがちだ。周囲の連中がちやほやするからな。いい気になってるうちに、人間としての品性《ひんせい》を失っちまう」

「そうですね」

「もうとっくに死んでる高名な映画監督がいいことを言ってんだ。人間の品行《ひんこう》は心掛けひとつで直せるが、品位《ひんい》、品性は簡単には変えられないってな」

「それ、名言ですね。実際、その通りだと思うな。久松さんは物識《し》りなんですね」

「からかっちゃいけねえや。そんなことより、取り調べ中の古宮昭如と会ってみるかい？　朽木ちゃんがそうしてえんだったら、おれが段取りをつけといてやらあ」

「ええ、お願いします。すぐ新宿署に向かいます」

朽木は通話を打ち切り、表通りまで大股で歩いた。

数分待つと、タクシーの空車が通りかかった。朽木は、そのタクシーで新宿署に急いだ。およそ二十五分で、新宿署に着いた。

朽木は身分を明かし、捜査本部にいる久松刑事に取り次《つ》いでもらった。刑事課のフロアに上がると、すでに久松が待っていた。

「例の被疑者は取調室5に入れといた。三谷が戻ってきたら、そっちに突っかかりそうだから、おれが近くで見張っててやらあ」

「すみません。それでは、よろしくお願いします」

朽木は低い声で応じ、古宮昭如のいる取調室に入った。

立ち会いの警察官の姿はない。スチールデスクの向こう側に、被疑者が坐っていた。手錠を打たれ、腰縄《こしなわ》はパイプ椅子に結ばれている。

「おたくはまだ東京地検に送致されたわけじゃないから、これは正式な検事調べではないんだ。ま、事情聴取のようなものだね」

朽木はそう言い、机の手前の椅子に腰かけた。

「氏名、生年月日、現住所、本籍地なんかをまた喋らなくちゃいけないのか。面倒臭《くせ》えな」

「そうしたことは喋らなくてもいいんだ。それから、自供内容は捜査本部の者から聞いてるよ」

「それは助かるな。おれが親父を下丸子の河川敷で絞殺したんだよ。それは事実さ」

「なんで自首する気になったんだ？」

「親父の奴、毎晩、夢の中に出てきたんだ。おかげで、犯行後はまともに寝てないんだよ。このままだと、頭がおかしくなっちゃいそうなんで、出頭する気になったわけさ」

「そうか。何か隠してることがあったら、いまのうちに吐いたほうがいいな。安達と横尾って共犯者が逮捕されたら、時間の問題で事件の全容がわかることになるんだからさ」

「わかってるよ」

「例のＩＣレコーダーの音声のことだが、下條という名は一度も出てこなかった？」

「ああ、どっちもね。そいつは、坂口って男の仲間なのか？」

「質問するのは、こっちだ。そっちは訊《き》かれたことに素直に答えてくれればいい」

「わかったよ」

「親父さんは坂口から二千万円の謝礼を貰ったと思われるが、事務所を物色中に金銭の授受《じゅじゅ》を裏付けるような預金通帳の類《たぐい》は見たのか？」

「そういうものは見てないよ。謝礼は、現ナマで貰ったんじゃないの？　多分、そうなんだろう」

「親父さんの口ぶりだと、まだ坂口から金をせびれそうな感じだったんだね？」

「ああ、なんか自信ありげだったよ。坂口って相手は凄《すご》んでたけどさ、内心びくついてる感じだったね。坂口って野郎にはさ、黒幕がいるんじゃないの？　親父がそいつに直談判するのを恐れてるようでもあったな」

「さっき質問するのは、おれだと言ったはずだが……」

「そうだったな」

古宮昭如が、ばつ悪げに笑った。

ちょうどそのとき、ドアの向こうで人の揉《も》み合う音がした。言い争っているのは、久松と三谷だった。

まずいことになった。

朽木は椅子から立ち上がり、仕切り壁に背を預けた。ほとんど同時に、三谷刑事がドアを荒っぽく開けた。

「朽木検事、こんな所で何をしてるんだっ。まだ古宮昭如は地検に送致していない。したがって、検事調べなんかできないはずだぞ」

「被疑者と話をしてただけですよ。被害者とは何度か会ってるんで、なぜ自分の息子に殺害されてしまったのか、検事として、個人的に関心があったんですよ」

「ふざけるな。本庁の久松警部があんたを手引きしたんだろ？」

「いいえ、違います。わたしが勝手にここに入り込んだんですよ。それよりも、もう安達と横尾の身柄《ガラ》は確保したんですか？」

「黙れ！　第一捜査権はこっちが持ってるんだ。検察の人間にうろつかれると、迷惑なんだよ。さっさと出てくれ」

「はい、はい」

朽木は三谷の脇を擦《す》り抜け、取調室を出た。近くに立っていた久松が、きまり悪そうに両手を合わせた。

朽木は黙って首を横に振り、大急ぎで刑事課を出た。

2

背後で足音が響いた。

新宿署の玄関を出たときだった。朽木は立ち止まって、首を巡《めぐ》らせた。

追ってきたのは久松刑事だった。

「さっきは失敗《ドジ》踏んじまったな。三谷があんなに早く戻ってくるとは思わなかったんだ。ドアを開けさせまいと踏んばったんだが、野郎のばか力にはかなわなかった。三谷は柔道五段の猛者《もさ》だからな」

「そんなに気にしないでください。こっちこそ、久松さんに無理をさせて申し訳なかったと思ってるんですから」

「ちょっと早目だけど、一緒に夕飯でもどうだい？　先を急ぐのか？」

「人と落ち合う約束があるわけじゃないから、大丈夫です。つき合いますよ」

朽木は言った。

「そうかい。それじゃ、いい店に案内すらあ」

「美人女将《おかみ》のいる小料理屋でしょ？」

「その手の飲み屋は嫌いじゃねえが、何事もワンパターンってのはよくねえ。進歩に繋がらねえからな」

「ま、そうですね」

「少し歩いてもらうぜ」

久松が言うなり、足早《あしばや》に歩きだした。

朽木は小走りに走って、すぐにベテラン刑事と肩を並べた。

青梅街道に沿って数百メートル進むと、久松は脇道に入った。案内されたのは七、八軒先にあるインドネシア料理店だった。

店内は、それほど広くなかった。テーブルは三卓しかない。L字形のカウンターも、椅子は七脚しかなかった。

ジャワ更紗《さらさ》の民族衣裳をまとったウェイトレスは、インドネシア人なのだろう。南方系の顔立ちで、肌の色が浅黒い。

彼女に導《みちび》かれ、朽木たち二人は奥のテーブル席に落ち着いた。店主らしき男も日本人ではなかった。何か調理をしながら、カウンターのカップルとにこやかに話していた。

「人口の約九割がイスラム教徒の本国ではアルコールは禁じられてるらしいが、ここは日本だ。飲みものは、ビールにしよう。朽木ちゃん、インドネシアのビールを飲んだことあるかい？」

「一度もありません」

「ビンタンとアンカーの二大銘柄があるんだが、ビンタンのほうがいけるかもしれねえな」

久松がウェイトレスを呼び寄せ、ビールと五、六種のインドネシア料理を注文した。ウェイトレスの日本語には訛《なまり》があったが、文法通りだった。

「インドネシアの代表料理はパダンらしいんだが、単品注文にしたんだ。かまわねえだろ？」

「ええ。久松さん、パダンというのは？」

「本来はスマトラ料理のことみてえだけど、小皿料理や食事システムを意味するんだってさ。パダンで頼むと、テーブルに豆腐《とうふ》、卵、牛、鶏肉、魚、野菜料理などの小皿が十数品運ばれてくるんだよ。実に合理的なシステムで、客は小皿を眺め回して、喰《く》いたいものを喰うわけだ。それで、食べた分だけ勘定を払うようになってるんだよ」

「面白いシステムですね」

「ああ。けどさ、パダン料理は原則として、右手で直《じか》に料理を喰わなきゃいけねえんだ。フォークやスプーンを使うのはマナー違反なんだよ。日本人は箸《はし》を使ってるから、どうも抵抗があってな。ガキのころは、さんざん手摑みで盗み喰いしたもんだが」

「おれも、おはぎをよく盗み喰いしたな」

朽木は言って、セブンスターに火を点けた。半分ほど喫《す》ったとき、ウェイトレスがビンタンとビアグラスを運んできた。

「ありがとう《トウリマカシ》」

久松が少し照れながら、インドネシア語でウェイトレスを犒《ねぎら》った。それからベテラン刑事は、二つのグラスにビールを注《つ》いだ。

「おれも〝こんにちは《スラマト・シアン》〟ぐらいは知ってます。それから、〝はい《ヤ》〟と〝いいえ《テイダッ》〟も憶《おぼ》えたな」

「こっちは、〝おいしい《スダップ》〟も〝美しい《チャンティック》〟も知ってるぜ。もちろん、いくら？《ブラバ》もわかる」

「久松さん、凄《すご》いじゃないですか。乾杯はインドネシア語で、なんて言うんです？」

「そいつは忘れちまったな。とりあえず、日本語でいいじゃねえか」

「そうですね」

二人はビアグラスを掲《かか》げ、軽く触《ふ》れ合わせた。ビンタンというビールは、割に喉《のど》ごしがよかった。

「朽木ちゃん、どうだい？」

「結構、いけますね」

「だったら、遠慮なく飲《や》ってくれ」

久松もグラスを口に運び、目を細めた。

一本目のビールが空になったとき、タイミングよく魚の空揚げ《イカン・ゴレン》、野菜サラダ《ガドガド》、串焼き鳥《サテー》、厚揚げ《タフ・ゴレン》、焼きそば《ミー・ゴレン》などが次々に卓上に運ばれてきた。

「ヤシ酒やライスワインもあるけど、どうする？」

「ビールにします」

朽木は答えた。

久松が大声で、ビンタンを追加注文した。インドネシア産のビールはすぐに届けられた。

「古宮昭如から何か手がかりは？」

「いろいろ参考になりましたよ。てっきり古宮殺しには坂口か手塚が深く関与してると思ってたんで、意表《いひょう》を衝《つ》かれた感じです」

「だろうな。心証はどうだい？　昭如はクロだと思った？」

「ええ、クロだという心証を得ました。それにしても、古宮の息子の頭の中はどうなってるんでしょう？　感情の行き違いがあっても、相手は実の父親なんですよ。何も殺すことはなかったと思うんですがね」

「実父だったから、殺されちまったんだよ。血の繋がってる親子や兄弟は家族愛も強いが、憎しみも他人同士よりも深いもんさ」

「だとしても……」

「別に古宮の息子を弁護する気はねえけど、父親の関心や愛情が畔上翠だけに向けられてると知ったら、実子としては哀《かな》しいよな。昭如は遺産がそっくり翠に渡ると知って、かなり傷ついたんだろう。むろん、金銭欲もあったと思うよ。しかし、父親殺しの最大の動機は自分の存在を無視、あるいは否定されたことに対する怒りだったんだろう」

「そうなんですかね？」

「人生訓《じんせいくん》めいた話は野暮ったくて好きじゃねえが、どんなろくでなしにも人間の自覚はあるから、それなりの誇りや自尊心を持ってる。一寸の虫にも、五分《ごぶ》の魂《たましい》があるんだ。親に見捨てられたと思い込んだら、平静心を失っちまうだろう」

「昭如の哀しみは理解できますよ。しかし、怠《なま》け者の発想だと思うな。社会人になっても、親に甘えようとする姿勢が情《なさ》けないですよ。もっと自立心を持って、親とは一定の距離を置く。もちろん、親の遺産を当てにするなんて論外ですね。根性がさもしいですよ」

「朽木ちゃんの言ってることは正しい。正論だよ、間違いなくな。しかし、そういう考えはな挫折《ざせつ》体験のほとんどない人間の理想論なんじゃねえのかい？」

「おれ、きれいごとを言ってるのかな？」

「朽木ちゃんは、これまで順風満帆《じゅんぷうまんぱん》だった。だから、世の中で辛酸《しんさん》を舐《な》めてきた奴やハンディをしょった連中が生きるだけでへとへとに疲れてることは実感できないんだろうな」

「そうかもしれません」

「言い古されたことだが、斬《き》られた者にしか傷の痛みはわからないもんさ。ガキのころから辛い思いしかしてこなかった人間の心が歪《ゆが》んじまうのは、ある程度、仕方がないことなんじゃねえのかな？」

「ま、そうでしょうね」

朽木は短く応じ、厚揚げ《タフ・ゴレン》を口の中に入れた。そのとたん、ヤシ油の香りが拡《ひろ》がった。少し癖のある味だが、まずくはない。

「おれは仕事で、数多くの犯罪者と接してきた。連中は揃《そろ》って身勝手で、欲が深い。おまけに我慢することが嫌いだから、つい楽な方法で生きようとする」

「そういう傾向はあるみたいですね」

「しかし、世の中は甘くない。自分の思い通りに生きられることは多くないよな？」

「そうですね」

「だから、短絡的な奴は社会のルールを破ってまでも、欲しいものを手に入れようとする。人によって求めるものは金、異性、名声と異《こと》なるが、その荒っぽい手段は似たりよったりだ」

「ええ」

「だけどな、よく考えてみると、そいつらが欲《ほっ》してるものは人間らしい温《ぬく》もりなんじゃねえのかな。他人より何かたくさん所有していれば、自然に人間が寄ってくるもんさ。要するに、犯罪に走る男女はうまく孤独と折り合いをつけられない寂しがり屋なんだよ」

「平凡に生きてる市民だって、誰もみな孤独感は覚えてるでしょ？　別にニヒリストぶるわけではありませんけど、人間は所詮《しょせん》、独りですからね。双生児や三つ子は別ですが、たいがい生まれるときも息を引き取るときも単独です」

「そう、そうなんだよ。しかし、法律の向こう側まで飛んじまう奴らは独りぼっちになることを恐れてるから、絶《た》えず他者と交わろうとする。そのこと自体は悪くねえんだけど、つい相手に甘えて多くのものを求めてしまう。関係がうまくいってるときは別に問題はないいんだが、何かでこじれたりすると、一気に暴走することになる」

「そういう奴は結局、自分にも他人にも甘えて生きてるんでしょうね」

「朽木ちゃんの言う通りだな。世間の尺度《しゃくど》で言えば、そういう奴らは落伍者《らくごしゃ》だったり、厄介者《やっかいもの》ってことになる」

「ええ」

「けどさ、そいつらも同じ人間なんだよ。そして、同じちっぽけな島国で暮らしてるんだ。出来は悪くてもさ、〝お隣さん〟なわけだろう?」

「久松さんは心底、優しいんだな。確かに犯罪加害者にも人権があるわけだから、彼らを不当に扱うのはよくないですよね。しかし、被害者のことを考えたら、犯罪者を甘やかすわけにはいかないでしょ?」

「誤解しないでくれ。おれは何も犯罪者たちを甘やかせと言ってるわけじゃねえんだ。罪を償《つぐな》わせることは当然さ。しかしね、クサい台詞《せりふ》になるが、そいつらは同じ時代に生きてる仲間でもあるんだ。だからさ、罪を憎んでも、罪人を全否定してはいけないってことが言いてえんだよ」

「それについては、おれも同感です。今回の古宮昭如のことも、犯行動機の向こう側の闇《やみ》をしっかりと見ないといけないと考えてます」

「朽木ちゃんは、いい検事になりそうだな。狡《ずる》い悪人は、びしばしとやっつけてくれよ。しかし、そいつらも人間的に扱わないとな」

「ええ、わかってます。それはそうと、ずっと以前から一度訊《き》きたいと思ってたんですけど、久松さんはどうしておれに目をかけてくれるんです？」

「まっすぐに生きようとしてる若い者が好きなんだよ。別にゲイじゃないから、妙な警戒はしないでくれ」

「それだけじゃないんでしょ？」

「強《し》いて挙《あ》げれば、もう一つ理由があるな」

「差し支《つか》えなかったら、それを教えてください」

「どうするかな」

久松が笑顔で自問し、じきに言い重ねた。

「きみの横顔がさ、ちょっと死んじまった息子に似てるんだよ」

「息子さん、いつ亡《な》くなられたんです？」

「七年前だよ。北アルプスの山頂近くで滑落《かつらく》して、二十一歳で死んじまった。城南大学の山岳部に入ってたんだ。生きてれば、もう二十八だよ」

「ぼくより一つ若かったんですね。ほかにお子さんは？」

「いや、死んだ文憲《ふみのり》しか子供には恵まれなかったんだ」

「それじゃ、ショックだったろうな」

「一年、いや、二年は仕事に身が入らなかったな。女房は、もっとひどかったね。文憲が亡くなってから、丸五年も神経科クリニックに通ってた。いまは、すっかり心が丈夫になったがね」

「ひとり息子を亡くしたわけですから、ご夫婦とも辛かったと思います。久松さんはそうした体験をしてるから、他人の憂《うれ》いや悲しみに敏感なんでしょうね。言葉は乱暴だけど、心根《こころね》は優しいもんなあ」

「よせやい。そんなことを言われたら、こそばゆくならあ」

「久松さんはシャイだから」

朽木は、さらに言った。

すると、久松は猛然とミー・ゴレンを食べはじめた。日本の焼きそばよりも香辛料が効いているが、平然と食べつづけた。よっぽど照れ臭かったのだろう。

朽木は、ほほ笑《え》んだ。

それから間《ま》もなく、久松の上着の内ポケットで携帯電話が鳴った。ベテラン刑事はビールで口の中のものを喉に流し込み、携帯電話を片耳に当てた。

発信者は、部下のようだった。久松は短い遣《や》り取りをし、ほどなく終了キーを押した。

「古宮を拉致した二人組が捕まったらしい。どっちも昭如に謝礼を貰って、古宮を拉致したことと死体遺棄の事実を認めたようだ」

「そうですか」

「部下の報告によると、例の録音音声は古宮の事務所からも自宅からも見つからなかったそうだ。古宮は別の場所に隠したか、誰かに預けたんだろう」

「預けたんだとしたら、再婚することになってた畔上翠でしょう」

「ああ、多分な。おれは捜査本部《チョウバ》に戻らなきゃならなくなった。二人とも店を出ちまったら、料理をこしらえてくれたマスターが傷つくな」

「そうですね」

「朽木ちゃん、きれいに平げちゃってくれや」

「全部は胃袋に収まらないと思いますが、なるべく残さないようにします」

「頼むぜ」

「ここの支払いは、おれが……」

「こっちに恥をかかせたいのかい？　そうじゃなかったら、素直に奢《おご》られるもんだ」

「わかりました。それでは、そうさせてもらいます」

朽木は相手の言葉に甘える気になった。

久松が伝票を手にして、レジに向かった。朽木はビールを傾けながら、せっせとインドネシア料理を食べた。

あらかた食べ終えたのは、数十分後だった。

朽木は店を出ると、全日本消費者ユニオンの事務局に電話をかけた。受診器を取ったのは当の翠だった。

「東京地検の朽木です。畔上さんは、古宮氏からＩＣレコーダーかメモリーを預かってませんか？」

「いいえ、預かってませんけど」

「そうですか。ところで、古宮さんの息子が父親を殺したと新宿署に出頭しましたよ。意外な結果になりましたが、倅《せがれ》の昭如の犯行に間違いないでしょう」

「なんで⁉　なんで息子が父親を絞殺しなければならなかったの？」

「昭如は実の父に棄《す》てられたと感じたんでしょうね」

朽木はそれだけ言って、通話を切り上げた。

そのすぐ後、滝沢から連絡が入った。

「いま、日比谷の帝都ホテルにいるんですが、手塚弁護士が十階のツインベッドの部屋を取りました」

「愛人と情事に耽る気なんだろうか」

「ぼくも最初はそう思ったんですが、数分前に手塚のいる部屋に入ったのは日新自動車の下條総務部長でした。レストラン街や一階ロビーで会うと人目につきやすいんで、大物弁護士はわざわざ一〇〇七号を押さえたんだと思います」

「だろうね。下條のほかに、誰か重役がこっそり手塚の部屋を訪ねるかもしれない。滝沢君、来訪者を全員、携帯のカメラで写しといてくれ。おれも帝都ホテルに行くよ」

「横浜のほうは？」

「深瀬に罠を仕掛けた奴を早く燻《いぶ》り出したいが、やっぱり職務も大事だからな」

朽木は喋りながら、タクシーの空車を目で探しはじめた。

3

扉が左右に分かれた。

十階だった。朽木は函《ケージ》から出た。帝都ホテルである。

朽木は廊下まで進み、各客室の番号を確かめた。

一〇〇七号室は左側にあった。大物弁護士のいる部屋に足を向けながら、視線を延ばした。

滝沢検察事務官の姿は、どこにも見当たらない。手塚に張り込みを看破《かんぱ》され、一〇〇七号室に引きずり込まれたのか。それとも、手塚の協力者が滝沢をどこかに連れ去ったのか。

そんな不安が胸を掠《かす》めた。朽木は不吉な予感を振り払い、一〇〇七号室に急いだ。

ドアに耳を押し当てると、男同士の話し声がかすかに聞こえた。だが、会話の内容まではわからなかった。

非常口のあたりで、人影が動いた。

朽木は目を凝《こ》らした。すると、滝沢が物陰から半身を覗かせていた。朽木は大股で滝沢に歩み寄った。

「十分ほど前に手塚の部屋に、日新自動車の佐久間《さくま》幸隆《ゆきたか》社長が入っていきました」

「携帯のカメラで、佐久間が一〇〇七号室に入るとこを撮《と》ってくれた?」

「一応、シャッターは切ったんですが、被写体が遠すぎて顔は不鮮明なんですよ」

滝沢がそう言いながら、携帯電話のディスプレイに画像を再生させた。

朽木は画像を見た。六十代前半の男が映っているが、顔かたちは判然としない。

「この画像では、佐久間社長とはわからないな」

「ええ。でも、佐久間本人ですよ。佐久間社長はしばしばマスコミに登場してますから、間違いありません。これで、リコール隠しが会社ぐるみであったことがはっきりしましたね?」

「そうだな。一〇〇七号室には、大物弁護士、日新自動車の社長、総務部長の三人しかいないんだね?」

「ええ、そうです。後から、副社長、専務、常務なんかも手塚の部屋を訪ねることになってるんでしょうか？」

「それはないだろう。大勢の者が続々と一〇〇七号室に集まったら、ホテルマンや宿泊客に怪しまれる」

「それもそうですね」

「おそらくリコール隠しに直接関わってるのは手塚、佐久間、下條の三人なんだろう。もちろん、重役たちもリコール隠しのことは知ってるはずだ」

「そうでしょうね。『ペガサス』の欠陥車台数は把握《はあく》してませんが、千単位と思われます。それほどの台数なら、組織ぐるみでなければ、欠陥車の回収や修理はできませんません」

「そうだね。それはそうと、古宮克俊は息子の昭如に殺害されたことがはっきりしたよ」

「えっ。何がなんだかわからないな。いったいどういうことなんです？」

滝沢が混乱した表情で言った。朽木は経緯《いきさつ》をかいつまんで語った。

「交通事故鑑定人は、てっきり手塚か坂口に雇われた奴に殺害されたと思ってたんですけどね」

「おれも、そう推測してたんだ。しかし、事実はそうじゃなかった。現場捜査は先が読めないもんだな」

「ほんとですね。朽木検事、ちょっと話を整理させてください。告発状を送ってきた石岡夏季と検事の自宅マンションに首のないハムスターの死骸《しがい》を置いて立ち去ったのは、古宮克俊ですよね？」

「そうだと思う。古宮は息子が飼《か》ってたハムスターを二匹盗み出して、告発者と検事のおれに警告を発したのさ。交通事故鑑定人は『ペガサス』の欠陥に目をつぶって、坂口に協力し、二千万円をせしめた。内偵捜査で、そのことが発覚することを恐れたんだろうな」

「東京地検刑事部に爆発物を送りつけてきたのも、古宮なんですかね？」

「いや、それは日新自動車の下條総務部長だろう。生保レディーの向坂逸子と一緒に日新自動車に揺さぶりをかけにいったとき、下條は逆上《ぎゃくじょう》し、ここが自宅なら、イサカの散弾銃《ショットガン》の銃口を向けてたとこだと凄んだんだよ。散弾の実包《じっぽう》には火薬が詰まってる」

「その火薬を使って、時限爆破装置をこしらえたわけか」

「確証があるわけではないが、そう考えてもいいだろうな。おそらく下條は手塚弁護士に相談することなく、独断で爆発物を東京地検に届けたんだろう」

「内偵捜査の打ち切りを期待してですか？」

「ああ、多分ね。子供っぽい警告の仕方だが、それだけ総務部長は捜査の手が日新自動車に迫《せま》ることが怖かったんだろう」

「そうなのかもしれませんね。あんなことをやっても、逆効果なのに」

「何か悪いことをやる奴は捕まりたくない一心で妙な画策《かくさく》をして、かえって墓穴《ぼけつ》を掘るもんさ。下條もそうだったんだろうな。それから、リコール隠しで活躍し、昇進の材料にしたいという野心もあったのかもしれない。きみを立木に縛りつけたのは、手塚か坂口に雇われた男だろう。お抱え運転手じゃなくね」

「そうなんですかね。話は飛びますが、佐久間社長が直々《じきじき》に手塚弁護士の許《もと》にやってきたことは、どう解釈すればいいんでしょう？」

　滝沢が言った。

「どう考えるべきなんだろうか」

「手塚が三億円で坂口を抱き込んでくれたことで、リコール隠しはうまくいった。それで、佐久間社長は感謝の気持ちを直《じか》に伝えたくなったんですかね？」

「それだったら、日新自動車は一流料亭にでも手塚を招いて、目一杯もてなすんじゃないかな？」

「そうか、そうでしょうね。もしかしたら、佐久間社長は顧問弁護士に何か頼みごとがあって、わざわざホテルの部屋を訪ねたのかもしれません」

「頼みごと？」

「ええ。たとえば、手塚経由で坂口にくれてやった三億円を半分ぐらい回収する手立てはないだろうかとか」

「滝沢君、日新自動車は大手だぜ。会社にとって、三億円程度の損失は痛くも痒《かゆ》くもないだろう。むしろ、それで『ペガサス』の欠陥とリコールの事実を伏せられるなら、安いもんだ」

「ええ、確かにね。ぼくにとって、三億なんて途方もない巨額だから、ついついセコいことを考えてしまいました。それはそうと、手塚は裏取引を成功させたわけだから、当然、日新自動車から顧問料とは別にこっそり成功報酬を貰ったんでしょうね？」

「謝礼の半分は貰ったかもしれないが、おそらく残りの金は手に入れてないんだろう」

「えっ、なぜです⁉　もう手塚の汚れ仕事は終わってるわけでしょ？」

「日新自動車にとっては、まだ完了してないだろう。三億円をせしめた坂口が味をしめて、また金を無心してくるかもしれないわけだからな。それから、坂口の元愛人の石岡夏季の存在も気になるはずだ。夏季は告発者なわけだし、坂口から日新自動車の別の不正についても聞かされてるかもしれない」

「ええ、そうですね。日新自動車には、坂口も夏季も都合の悪い人間なんだ。あっ、検事！　佐久間社長は、坂口たち二人を始末してもらいたくて……」

「手塚に殺し屋《プロ》を見つけてくれと頼みにきた？」

「ええ」

「大物弁護士がそこまで引き受けるとは思えないね。しかし、手塚にとっても坂口や石岡夏季は邪魔者だ。部屋にいる三人は、坂口たち二人を何らかの形で排除したいと知恵を出し合ってるのかもしれないな」

朽木は腕を組んだ。

そのとき、一〇〇七号室のドアが開けられた。姿を現わしたのは、佐久間社長と下條部長だった。手塚の顔は見えなかった。

「検事、どうしましょう？」

「二人は地下駐車場に降りるんだろう。エレベーターは三基あったな。滝沢君は佐久間たちが函《ケージ》に乗り込んだら、別のエレベーターで地階に下《くだ》ってくれ」

「わかりました。それでは、ぼくは社長たちを尾行します」

滝沢が速足《はやあし》で廊下を歩きだした。ほどなく検察事務官の姿が視界から消えた。

朽木はその場にたたずみ、携帯電話をマナーモードに切り替えた。

五分ほど過ぎると、エレベーターホールの方から四十代半《なか》ばのホテルマンがやってきた。彼は立ち止まるなり、真っ先に問いかけてきた。

「失礼ですが、警察の方でしょうか？　防犯カメラにあなた方のお姿が映っていましたので、少し気になりましてね」

「東京地検の者です」

朽木は相手に身分証明書を見せた。

「これは失礼いたしました。どの部屋をマークされているのでしょう？　場合によっては、協力させていただきます」

「ありがたい話ですが、捜査内容は洩《も》らせないことになってるんですよ。こちらのホテルには迷惑をかけませんので、このまま内偵を続行させてください」

「館内で逮捕劇が演じられることはありませんね？」

「ええ」

「それでしたら、別に問題はありません。どうも失礼いたしました」

ホテルマンが恭《うやうや》しく頭を下げ、エレベーターホールに引き返していった。

それから三十分あまり経過したころ、廊下の向こうから見覚えのある女が歩いてきた。坂口の愛人の理沙だった。

パトロンの使いで、このホテルに来たのだろう。それとも、彼女は手塚弁護人に乗り換えたのだろうか。

朽木は、物陰《ものかげ》に身を隠した。壁から片目だけ覗かせ、理沙の動きを追う。

坂口の若い愛人は一〇〇七号室の前で立ち止まり、チャイムを鳴らした。

ややあって、ドアが開けられた。理沙が色目を使いながら、室内に入っていった。

すぐにドアは閉ざされた。

彼女と手塚は男女の関係なのだろう。手塚が坂口の動きを探《さぐ》る目的で、理沙をスパイにしたのかもしれない。

朽木は、そう思った。

十数分過ぎてから、一〇〇七号室に近づいた。ドアに耳を寄せる。バスルームから、かすかにシャワーの音が伝わってきた。理沙が体を洗っているのだろう。

手塚はベッドで理沙と戯《たわむ》れる気らしい。いったん一〇〇七号室から遠ざかろう。

朽木はエレベーターホールに向かった。一階に降り、ティー&レストランに入る。コーヒーを飲みながら、時間を潰《つぶ》しはじめた。

恋人の深雪から電話がかかってきたのは、およそ四十分後だった。

「歌舞伎町の一番街で今夜七時半ごろに起こった事件、もう知ってるでしょ?」

「いや、知らないな。職務でずっと外にいたんだよ。何があったんだい?」

「ちょうど三十歳の男が大型カッターナイフで通行人の顔面を次々に斬りつけてね、意味不明なことを口走りながら、靖国《やすくに》通りに飛び出したのよ」

「車道に?」

「ええ、そう。カッターナイフを握った男は走ってきた乗用車に撥《は》ねられ、次に保冷車にもろに轢《ひ》かれて即死したの」

「いわゆる飛び込み自殺だな？」

「ええ。その男は別所慎平《べっしょしんぺい》という名で、先月末まで水戸地検で司法修習を受けてたのよ」

「修習生だったって⁉」

「そうなのよ。わたし、別所の事件を知ったとき、とっさに深瀬大輔さんのことを頭に思い浮かべたの。たまたま二人とも司法修習生だったのかもしれないけど、その符《ふ》合《ごう》がなんか気になったわけ。で、拓也さんの意見はどうかなと思って、電話をしてみたのよ」

「その別所という男は、先月の末まで水戸地検にいたって話だったね？」

「ええ。ノイローゼ気味だとかで、修習を中断してしまったらしいの。別所は弁護士志望だったようだけど、検事か判事になるかもしれないと母親に電話で告げてから、連絡を断ってしまったらしいのよ。深瀬さんのケースとどこか似てるでしょ？」

「ああ。深雪、二人が司法修習生だったことは単なる偶然じゃないな」

朽木は携帯電話を耳に当てたまま、急いでティー&レストランを出た。

「あなたも、そう思う？」

「思う、思う。別所という男も深瀬と同じように何か罠に嵌《は》められて、何者かに進路変更を迫られたんじゃないかな？」

「別所を弁護士にさせたくなかった人物がいるとしたら、いったい何者なのかしら？」

「まず考えられるのが現役弁護士だな。いま日本には約三万四千人の弁護士がいる。新司法試験が導入されて以来、毎年千五、六百人の者が司法修習生になってるんだ。その大半が弁護士を志望すると思われる」

「アメリカみたいに弁護士が増えすぎて、依頼人の争奪戦になりそうね？」

「ああ、そうなるだろうな。アメリカ全土で失業弁護士は五千人以上もいるらしいんだ」

「そうなったら、弁護士の平均年収はさらに下がって、社会的な地位もダウンするでしょうね？」

「ああ。そうなることを恐れた弁護士たちが結束《けっそく》して、司法修習生の弱みを押さえ、弁護士になることを諦《あきら》めさせてるんじゃないだろうか。たとえば、弁護士志願者を犯罪者に仕立てて、検察官や裁判官になれと強要してるとかね」

「常識に囚《とら》われると、まるでリアリティーがなさそうな話だけど、現代は何が起こっても不思議じゃないから、そういうことも考えられると思うわ」

「深雪が、その事件を担当することになったのか？」

「そう。明日の早朝に水戸に出かけて、その足で別所の実家のある仙台まで行ってみるつもりよ」

「何か深瀬の死と共通点が出てきたら、こっそり教えてくれないか」

「甘いな、拓也さんは。わたし、あなたのことは大好きだけど、公私混同はしないの。あしからず……」

「それじゃ、滝沢君に別所慎平の周辺の人間に当たってもらうよ」

「そうして。それはそうと、警察《サツ》回りの記者の話によると、古宮克俊は実の息子に殺されたんだって？」

「おれも公私混同はしない主義なんだ」

「意地悪ねえ。もう拓也さんの部屋に泊まってやらないから」

深雪が笑いを含《ふく》んだ声で言って、通話を打ち切った。

朽木はティー&レストランに戻り、セブンスターに火を点けた。

別所という男も夜の盛り場で美女に逆ナンパされて、ラブホテルに誘い込まれたのか。そして、深瀬と同じトリックに引っかかって、自分が行きずりの女を殺してしまったと早合点したのだろうか。そうではなく、別の手で犯罪者に仕立てられ、精神のバランスを崩し、凶行に走ってしまったのか。

そこまで考えたとき、朽木は突っ拍子もない思念《しねん》を懐《いだ》いた。大物弁護士の手塚にしても、やたら同業者が増えることを喜ばしくは感じていないだろう。優秀な若手が多くなれば、中堅や老練弁護士も依頼人を奪われかねない。

手塚が日新自動車のために汚れ役を引き受けたのは、裏金を捻出《ねんしゅつ》したかったからとは、考えられないだろうか。同業のライバルの卵を踏み潰すための軍資金が必要だったのではないか。

こじつけめいた推測だが、輝かしい経歴を持つ大物弁護士が元ブラックジャーナリストとの裏取引の交渉人を務《つと》めたのは、それなりの理由があったからにちがいない。

手塚は日新自動車から億単位の成功報酬を貰い、その金で司法修習生たちを罠に陥《おとし》れ、弁護士志望者を少なくしているのではないか。むろん、本人が直《じか》に手を汚すような真似《まね》はしないだろう。手塚の弟子筋に当たる中堅弁護士たちが知恵を絞って、修習生たちを次々に犯罪者に仕立てているのかもしれない。

それでは、いくらなんでもできすぎか。

朽木は苦笑しながら、短くなった煙草の火を揉み消した。

それから間もなく、ティー&レストランを出た。朽木はロビーの片隅で、備《そな》えつけの夕刊を読みはじめた。

予想外のことが起こったのは、午後十時過ぎだった。

背広姿の手塚が急ぎ足でロビーを横切り、回転扉を通り抜けた。連れはいなかった。

理沙はベッドの中にいるのかもしれない。

朽木は折り畳んだ全国紙をマガジンラックに戻し、すぐに手塚を追った。玄関前に走り出ると、ちょうど手塚を乗せたタクシーが動きはじめたところだった。

朽木はさりげなく客待ち中のタクシーに乗り、前走の車を尾《つ》けてもらった。初老のタクシードライバーは無口だった。無駄口は一切《いっさい》きかなかった。

大物弁護士を乗せたタクシーは晴海《はるみ》通りに出ると、道なりに走った。右折したのは、築地四丁目交差点だった。ほどなくタクシーは、老舗《しにせ》料亭『喜久川《きくかわ》』に横づけされた。

手塚が慌《あわ》ただしく車を降り、『喜久川』の中に消えた。

朽木もタクシーを捨てた。料亭街を巡《めぐ》ってから、『喜久川』の近くに張り込む。
五、六分後、老舗料亭の前に黒塗りのハイヤーが停まった。白い布手袋《ぬのてぶくろ》を嵌《は》めた五十年配の運転手が素早く車を降り、恭《うやうや》しく後部ドアを開けた。リアシートには、二人の男が並んで腰かけていた。
最初に降りたのは、東京高等検察庁の新妻渉《にいづまわたる》次席検事だった。次席険事は検事長に次《つ》いで、東京高検では二番目に位《くらい》が高い。

ルーキーの朽木から見たら、新妻は雲の上の人だ。まだ五十五、六歳だろう。

新妻の後からハイヤーを降りたのは、東京地方裁判所の山路貞治《やまじさだはる》公判部部長だった。五十二、三歳のはずだ。

新妻と山路が料亭の玄関に入ると、女将《おかみ》らしい老女がにこやかに告げた。

「手塚先生も少し前においでになったんですよ」

「それはよかった。手塚先輩は待たされると、とっても不機嫌になるからな。山路君、急ごう」

新妻が連れに言って、先に黒い短靴をせっかちに脱いだ。山路もつづいた。

二人は女将と思われる老女に従って、奥に消えた。

弁護士、検事、判事が深夜に料亭で落ち合うのは、何か密談があるからだろう。手塚、新妻、山路の三人は揃《そろ》って東京大学法学部の出身者だ。

手塚たち三人は弁護士が過剰気味で、検察官と裁判官が定員割れしている現実を憂いて、法曹界の行く末に何らかの不安を覚えているのではないか。そのため、いま弁護士、検事、判事の比率を是正《ぜせい》しておきたいと願っているのかもしれない。

確かに現在の比率はアンバランスだ。だからといって、法律家が司法修習生の進路を卑劣な手段で変更させようとしているのだったら、絶対に赦《ゆる》せない。

朽木は黒塀《くろべい》に身を寄せた。その直後、滝沢から佐久間社長と下條部長が銀座の高級クラブに入ったという電話報告があった。

朽木は築地にいる理由を手短に話し、自分の推測も喋った。

「検事の推測、正しそうだな」

滝沢が即座に言った。

朽木は何か暗い気持ちになった。

4

コーヒーが沸《わ》いた。

朽木はサイフォンを傾け、マグカップに薄めのコーヒーを注《そそ》いだ。

自宅マンションのダイニングキッチンである。朝の八時前だ。

前夜に見聞きしたことは、現実だったのか。手塚、新妻、山路の三人が『喜久川』から出てきたのは、午前零時数分前だった。

老舗料亭の玄関に手塚たちが姿を見せたとき、とっさに朽木は前庭の植え込みの中に走り入った。そのすぐ後、三台のハイヤーが『喜久川』の前に停まった。迎えの車だ。

手塚たち三人は石畳にたたずみ、数分、立ち話をした。三人とも酔いが回っているらしく、声は大きかった。話題ははっきりと聞き取れた。

朽木の勘は正しかった。手塚は大学の後輩である新妻と山路と共謀し、百人近い司法修習生に罠を仕掛け、進路を強引に変えさせているようだった。修習生を犯罪者に仕立てているのは、三人の弟子や後輩らしかった。

「弁護士の数が多すぎる。そのうち遣《や》り手の弁護士も犯罪者に仕立てて、業界から消えてもらわんとな。そのときには、新妻君と山路君に力を貸してもらいたいね。もちろん、それなりの礼はするさ。軍資金はたっぷりあるんだ」

手塚は二人の後輩に言い残し、真っ先にハイヤーに乗り込んだ。

「おい、山路。手塚先輩は、日新自動車からどのくらい裏金を貰ったと思う？」

「二億か三億でしょうか。いや、四億は貰ってそうですね」

「おれは、五億せしめたと睨《にら》んでるんだ」

「五億円もですか⁉」

「ああ。考えてもみろよ。日新自動車は、『ペガサス』の欠陥のこととリコール隠しの件を嗅《か》ぎつけた坂口彰に三億円もの口止め料を払ってる。汚れ役を引き受けた手塚先輩には、最低五億円の成功報酬は支払われただろう」

「そうだったのかな。手塚先生はわれわれ二人に小遣いだと言って、気前よく五千万円ずつキャッシュでくれたから、そうなんだろう」

「例の罠に一億円遣《つか》ったとしても、手塚先輩の手許には三億が残る計算だ。その上、坂口の愛人まで寝盗《と》ったんだから、先輩は悪徳弁護士だよ。小判鮫《こばんざめ》に甘んじてるわれわれは、いかにも小物だな」

「まあ、そうですね。ところで、坂口を野放しにしておいたら、危険だと思うがな」

「心配ないって。手塚先輩は抜け目がないから、ちゃんと手を打ってるはずさ」

「でしょうね。新妻さん、来週にでもゴルフの会員権を買いに行きませんか？」

「そうするか」

新妻と山路もそれぞれハイヤーに乗り込んだ。

朽木は月を仰《あお》いで、長嘆息した。法曹界の大物たちが腐敗しきっている現実を知って、深い憤《いきどお》りを覚えた。

朽木はトーストを齧《かじ》りながら、テレビの遠隔操作器《リモートコントローラー》を摑み上げた。大型液晶テレビの電源スイッチを入れ、チャンネルを何度か替えた。

すると、ある民放局がニュースを流していた。画面には海外ニュースの映像が出ていた。

やがて、国内ニュースに移った。画面に、山道が映し出された。

「今朝七時ごろ、長野県南信濃《みなみしなの》村の山林で男女の焼死体が発見されました。警察によると、亡くなった男性は全日本消費者ユニオンの坂口彰さん、五十六歳。女性は世田谷区下北沢の無職、石岡夏季さん、三十歳とわかりました。二人の遺体のそばには、ガソリンが少量残ったポリタンクが転がっていました。自殺と他殺の両面で捜査が進められています。そのほか詳しいことはわかっていません」

中年男性アナウンサーの顔が短く映し出され、千葉県内で発生した振り込め詐欺事件が報じられはじめた。

──やっぱり、坂口は消されたな。告発者の石岡夏季まで葬《ほうむ》られるとは思ってなかったが……。

朽木はテレビのスイッチを切り、食べかけのトーストを皿に戻した。アメリカンコーヒーを飲み、煙草に火を点ける。

これまでの状況から考えると、手塚弁護士が何者かに坂口と夏季を始末させたと思われる。実行犯は複数なのではないか。

何らかの方法で坂口たち二人の意識を混濁《こんだく》させてから、ガソリンをぶっかけて焼き殺したのだろう。手口が荒っぽい。犯人グループは暴力団関係者か、不法残留の外国人マフィアなのか。どちらにしても、堅気の犯行ではなさそうだ。

セブンスターに火を点けようとしたとき、上司の荒次長から電話がかかってきた。

「ついさっきテレビニュースで知ったんだが、例の坂口が元愛人の石岡夏季と信州の山林で死んだね?」

「ええ。わたしもニュースを観《み》ました。手塚弁護士が誰かに二人を片づけさせたんだと思います。大物弁護士は、かなりの悪党ですよ」

朽木はそう前置きして、昨夜のことを話した。

「高検の新妻次席検事と高裁の山路公判部長が手塚弁護士と老舗料亭で密談して、帰り際《ぎわ》にそんなことを言ってたって⁉」

「ええ。手塚に新妻次席検事と高裁の山路部長は抱き込まれたんでしょうが、二人ともこれ以上、弁護士が多くなることにはある種の危惧《きぐ》を感じてたんだと思います。検察官は長いこと員数不足ですし、裁判官志望者数も増えてませんよね？」

「そうだな。テレビドラマや小説の影響で、相変わらず弁護士になりたがってる司法修習生が多いからね。法曹界で働いてる者は、弁護士という職業ばかりに人気が集まってることを憂慮《ゆうりょ》してたんだが、手塚氏たちがそこまでやってたとは……」

「ええ、信じたくないことですよね。しかし、これまでの内偵捜査で、手塚弁護士が日新自動車のダーティービジネスで稼いだ金の一部を回して、司法修習生に罠を仕掛けさせていることは疑いの余地はないと思います」

「うむ」

「わたしの友人の深瀬、それからカッターナイフで通行人たちの顔を斬りつけて、わざと車に撥《は》ねられた別所慎平という修習生も運悪く敵の毒牙にやられてしまったんでしょう」

「きみの内偵捜査に文句をつけるつもりはないが、手塚氏たち三人は手強いぞ。東京弁護士会、検察庁、裁判所にそれぞれの門下生やシンパがたくさんいるんだ。法曹界を内部告発する形になるわけだからね」

「相手が大物揃いだからって、怖気《おじけ》づいてたら、法律で飯を喰《く》ってる者として恥ずかしいでしょ？」

「別段、怖気づいてるわけじゃないさ。大物たちと身内の連中を敵に回すわけだから、慎重に事を運ばんとな。わたしは、そのことを強調したかったんだよ」

「そうでしたか」

「手塚氏たち三人に任意同行を求めても、素直に事情聴取には応じてくれないだろう。申し開きのできない確証を押さえることだね」

「わかりました。きょうは登庁前に横浜に行かせてください」

「横浜に？」

「ええ、そうです。深瀬という友人を色仕掛けで嵌《は》めた真弓こと多岐川玲奈と接触できれば、彼女の背後にいる人物が浮かび上がってくると思うんです」

「そうか。わかった。この際《さい》、法曹界の膿《うみ》を出す必要がある。存分にやってくれ。応援が欲しいなら、桜田門の連中に助っ人を頼んでやろう」

荒が電話を切った。

朽木は洗面所に向かった。髭《ひげ》を剃《そ》って、頭髪にブラシを当てる。朽木は寝室に移り、手早く身繕《づくろ》いをした。

自室を出たのは、午前九時前だった。自由が丘駅から電車で横浜市戸塚区に向かう。ひょっとしたら、玲奈が母親に居所を教えたかもしれないと考えたのである。

玲奈の実家にたどり着いたのは、十時過ぎだった。呼び鈴を押しても、なんの反応もなかった。

玲奈の母親は職場にいるのだろう。

横浜地検で、なぜ玲奈の枕探しが不起訴処分になったのか調べてみる気になった。

朽木は玲奈の実家から離れ、新興住宅街を歩きはじめた。

その直後、若い男が数軒先のガレージから飛び出してきた。横浜地検で修習中の関根幹二だった。

「きみは関根君だよな？」

朽木は話しかけた。

と、関根が背を見せて逃げはじめた。最初に玲奈を訪ねたときに見かけた肥満体の男は、関根だったのかもしれない。

朽木は全速力で追った。

でっぷりと太った関根は逃げ足が遅い。ぐんぐん距離が縮まった。その矢先、関根が足を縺《もつ》れさせた。路上に前のめりに倒れ、短く呻いた。

朽木は走り寄って、関根の上着の後ろ襟《えり》をむんずと摑んだ。

「どうして逃げたんだ？」

「ごめんなさい。ぼく、小室検事に頼まれて、ずっと朽木さんを尾《つ》けてたんです」

「なんで、おれを尾行した？」

「その理由はよくわかりません。ぼくは修習中に小室検事に恩を売っといて損はないと思ったんで、言われるままに……」

「立て、立つんだっ」

「は、はい」

関根がのろのろと立ち上がった。

「おれと一緒に横浜地検に行こう」

「えっ⁉」

「これは勘なんだが、小室検事は強盗容疑で送検されてきた多岐川玲奈を不起訴処分にしてやった見返りに、彼女に司法修習生を色仕掛けで引っかけさせたんだろう」

「まさか⁉　それじゃ、自称真弓が玲奈だったんですか？」

「そうだ。いまさら、白々しいことを言うなよ」

「ぼくは何も知らなかったんです。あなたの行動記録を小室検事に渡しただけで、誰からも聞き込みはしてないんだ。嘘じゃありません」

「おれの友達の深瀬を心理的に追い込んだのは、小室亮なんだろう。深瀬はラブホテルで真弓と名乗った玲奈を扼殺《やくさつ》したと思い込んで、深く悩んだ。玲奈に死んだ振りをしろと命じたのは小室だろう」

「なんだって、小室検事がそんなことを⁉」

「彼には、逆《さか》らえない恩人がいるんだろう。その人物に頼まれたにちがいない。小室の出身大学は？」

「東大の法学部を卒業したと聞いてます」

「やっぱり、そうだったか。小室の検事オフィスに特定の人物から電話がよくかかってこなかった？」

「携帯電話には、ちょくちょく手塚という人から連絡がありましたね。小室検事は、かしこまった感じで相手のことを手塚先生と呼んでました。いったい何者なんです？」

「大物弁護士だよ」

「小室検事は秋には地検を辞めて、弁護士登録をすると言ってたけど、その大物弁護士の事務所に勤める気だったんだな」

「多分、そういう約束になってるんだろう。さて、歩いてもらおうか」

朽木は関根の背を押した。

関根が観念し、歩きはじめる。

朽木は表通りに出ると、タクシーを停止させた。先にリアシートに関根を押し入れ、自分も素早く乗り込む。

横浜地検の前で、二人はタクシーを降りた。朽木は関根に命じて、小室検事に呼び出しの電話をかけさせた。小室は訝《いぶか》しんだようだが、すぐに行くと答えたらしい。

「こっちに来るんだ」

朽木は関根の片腕を摑んで、玄関から死角になる場所に引きずり込んだ。

小室検事がやってきたのは、数分後だった。彼は朽木の姿に気づくと、立ち竦《すく》んだ。

「手塚が大学の後輩の新妻渉や山路貞治と共謀して、弁護士志望の司法修習生を罠に嵌め、進路を変更させてることはわかってるんです」

朽木は先に口を開いた。小室は顔を背《そむ》け、何も答えようとしない。

「おたくは多岐川玲奈を不起訴処分にしてやった代わりに、司法修習生たちに色仕掛けで接近させ、ベッドの中で死んだ振りをさせた。深瀬はトリックを見抜けなくて、結局、自ら命を絶つことになってしまった。水戸地検で修習中だった別所慎平という男も似たような罠に嵌められ、自暴自棄《じぼうじき》になってしまったんだろうな。手塚弁護士に頼まれて、いったい何人の修習生を脅迫したんだ?」

「なんの話なのかな?」

「ふざけんな!」

朽木は拳《こぶし》を振り上げた。小室が後ずさった。顔面蒼白だった。

「みんな、伏せろ!」

近くで、久松刑事が叫んだ。朽木は身を屈《かが》めながら、周《まわ》りを見た。

車道に、アメリカ大統領のゴムマスクを被った怪しい男が立っていた。銃身を短く切り詰めた散弾銃を構えている。

銃口は小室検事に向けられていた。イサカの猟銃だった。アメリカ製だ。

「手塚さんがわたしの口を封じろと言ったんだな。やめろ、撃たないでくれ」

小室が震え声で哀願《あいがん》し、関根を楯《たて》にした。

関根が怯《おび》え、その場にしゃがんだ。

「汚い奴だ」

朽木は立ち上がるなり、小室の顔面にストレートパンチをぶち込んだ。小室が仰向けに引っ繰《く》り返る。

朽木は振り返った。ちょうど久松が大腰《おおごし》で、ゴムマスクの男を投げ飛ばしたところだった。すでに散弾銃は路上に落ちていた。

日新自動車の下條総務部長だろう。

朽木は暴漢に駆け寄って、ゴムマスクを剝《は》ぎ取った。やはり、下條だった。

「息子のように思ってる朽木ちゃんに死なれたくなかったんで、ずっと近くで見守ってたんだ。殴り倒した奴は、おれが押さえとかあ」

久松は何事もなかったような顔で、小室検事に近づいていった。

「手塚に小室検事とおれを射殺しろって言われたんだな?」

朽木は下條を見据えた。

「先生もそれを望んでただろうが、うちの会社の佐久間社長が欠陥車のことが絶対に発覚しないよう知恵を絞れと言ったんで、わたしが自発的に綻《ほころ》びを繕《つくろ》わなければならないと思ったんだ」

「あんたは会社の奴隷《どれい》なんだな。哀《あわ》れな生き方だね」

「黙れ！　わたしはサラリーマン武士道を貫《つらぬ》いただけだ」

「サラリーマン武士道だって？　笑わせないでくれ。おたくは出世欲を棄《す》てられなかっただけじゃないかっ」

「若造が生意気《なまいき》な口をきくな！」

「ま、いいさ。あんたを投げ飛ばしたのは、警視庁のベテラン刑事なんだ。落としの名人でもある。もう観念して、『ペガサス』のリコール隠し、坂口との裏取引、それから地検に爆発物を送りつけたことも洗いざらい吐くんだな」

「わたしは、佐久間社長や顧問弁護士の手塚先生が怕《こわ》かったんだよ。あの二人の意向に背《そむ》いたら、前途が暗くなると思ったんで、不本意ながらも協力しただけなんだ。いや、協力させられたんだよ。いわば、わたしは被害者だ。な、そうだろう？」

下條が声音《こわね》を変えた。

「だから？」

「取引に応じてくれないか。佐久間社長が会社の裏金で坂口に三億円、手塚先生に五億円払ったことの証拠を差し出すよ。それから手塚先生が東京高検の新妻次席検事や東京地裁の山路公判部部長と謀《はか》って、弁護士志望の司法修習生の弱点を握り、検事や判事にさせようとしたことも知ってる。その工作費用は手塚先生の成功報酬の中から支払われてるんだ」

「そんなことは先刻ご承知さ。それよりも、坂口と石岡夏季を葬ったのは誰なんだ？」

「実行犯は、赤坂一帯を縄張りにしてる東門会《とうもんかい》の若い構成員たち三人だよ。坂口たち二人を麻酔薬で眠らせてから、ガソリンをぶっかけて焼き殺したんだ」

「殺しの依頼人は手塚なんだな？」

「佐久間社長と手塚先生が相談してから、理沙を通じて東門会に頼んだんだ。理沙の従兄《いとこ》は東門会の大幹部なんだよ。それを裏付ける証拠も揃える。だから、わたしがやったことには目をつぶってほしいんだ。な、頼む！」

「おたくが言った通り、おれはまだ若造だから、清濁《せいだく》を併《あわ》せ呑《の》むなんて芸当はできないっ」

　朽木は怒りを込めて言い、下條を乱暴に摑み起こした。


一週間後の夜である。

朽木は滝沢検察事務官と並んで、荒次長と向き合っていた。次長の馴染《なじ》みの割烹《かっぽう》の奥座敷だ。

日新自動車の佐久間社長、下條部長、手塚弁護士、東京高検の新妻次席検事、東京地裁の山路公判部部長、横浜地検の小室検事、理沙、東門会の構成員三人、手塚の弟子筋に当たる法曹関係者十九人は、すでに検挙されていた。色仕掛けで協力した玲奈たち二十一人の若い女性は書類送検済みだ。

「検事総長が長い沈黙の後、『法曹界のために膿《うみ》を全部出そう』と言ってくれたときは嬉し涙が出たよ」

荒次長が告白して、ビールをうまそうに飲み干した。朽木は目で笑い返しただけだったが、彼なりの感慨《かんがい》を覚えていた。

横浜に出向いた日の夕方、朽木は荒次長に伴《ともな》われ、最上階にある検事総長室を訪れた。二人は、内偵捜査で得た手がかりを携《たずさ》えていた。報告を黙って聞いていた検事総長の眉間《みけん》の皺《しわ》は、みる間に深くなった。

「いまだから、話せるんですが、実はあの日、上着の内ポケットに辞表を忍ばせてたんですよ」

朽木は上司に打ち明けた。

「検事総長が捜査を打ち切れと言ったら、辞表を叩きつけて東京地検を去る気だったんだね？」

「ええ」

「そうか、サムライだな」

「次長、急ににやついたりして、どうしたんです？」

「実はね、わたしも辞表を懐《ふところ》に入れてたんだ」

「そうだったんですか」

「検察庁のナンバーワンは、やっぱりサムライだった。そういうトップの下で働けることを誇りに思うよ」

「手塚たち汚れた法律家がいなくなれば、少しは法曹界も風通しがよくなるんじゃないですか？」

「そうだろうな。きみたち二人のおかげだよ。今夜は大いに飲んでくれ。滝沢君、好きなものをどんどん食べなさい」

「はい、いただきます。伊勢海老の刺身を一匹丸ごと食べるのは、生まれて初めてですよ。いつもはB級グルメだけど、きょうは一流の食通になった気分です」

滝沢検察事務官が子供のようにはしゃぎ、舟盛《ふなも》りに箸《はし》を伸ばした。

ちょうどそのとき、朽木の携帯電話が鳴った。発信者は深雪だった。

朽木は上司に断って廊下に出た。

「法曹界を揺るがす大スクープだったのに、どうしてもう少し情報を流してくれなかったのよ。おかげで、毎朝新聞や日東テレビに特種《とくだね》を持ってかれちゃったでしょうが」

「おれは公私混同しない男だからね。深雪だって、そうじゃないか」

「言われてみれば、確かにそうね。それはそうと、西麻布にいい感じのダイニングバーができたの。どこかで落ち合って、その店に行ってみない？」

「いま、荒次長や滝沢君と祝杯を上げてるんだ。そんなには遅くならないと思うから、おれの部屋で待っててくれよ。いいシャンパンを買って帰るからさ」

「そういうことなら、拓也さんの提案に乗っちゃう。どうせなら、ドンペリのゴールドがいいな」

「おれを破産させる気かっ。ドンペリの白で我慢してくれ」

「ま、いいわ。だけど、一本じゃ駄目よ。二本買ってきてね」

「え？　なんて言ったんだい？　最近、耳が遠くなってさ。大音量でＣＤを聴《き》きすぎたかな」

　朽木は返事をはぐらかして、携帯電話の終了キーを押した。迷いながらも、高いシャンパンを二本買い求めることになりそうだ。

本書は二〇〇五年五月に徳間書店より刊行された『内偵検事　匿名告発』を改題し、大幅に加筆・修正しました。

なお本作品はフィクションであり、実在の個人・団体などとは一切関係がありません。

文芸社文庫

密告 特命検事

二〇一五年二月十五日　初版第一刷発行

著　者　南英男
発行者　瓜谷綱延
発行所　株式会社　文芸社
〒一六〇-〇〇二二
東京都新宿区新宿一-一〇-一
電話　〇三-五三六九-三〇六〇（編集）
〇三-五三六九-二二九九（販売）
印刷所　図書印刷株式会社
装幀者　三村淳

ISBN978-4-286-16241-6

[文芸社文庫　既刊本]

火の姫　茶々と信長
秋山香乃
兄・織田信長の命をうけ、浅井長政に嫁いだ於市は於茶々、於初、於江をもうけるが、やがて信長に滅ぼされる。於茶々たち親娘の命運は——？

火の姫　茶々と秀吉
秋山香乃
本能寺の変後、信長の家臣の羽柴秀吉が後継者となり、天下人となった。於市の死後、ひとり残された於茶々は、秀吉の側室に。後の淀殿であった。

火の姫　茶々と家康
秋山香乃
太閤死して、ひとり巨魁・徳川家康と対決する於茶々。母として女として政治家として、豊臣家を守り、火焔の大坂城で奮迅の戦いをつらぬく！

それからの三国志　上　烈風の巻
内田重久
稀代の軍師・孔明が五丈原で没したあと、三国志は新たなステージへ突入する。三国統一までのその後のヒーローたちを描いた感動の歴史大河！

それからの三国志　下　陽炎の巻
内田重久
孔明の遺志を継ぐ蜀の姜維と、魏を掌握する司馬一族の死闘の結末は？　覇権を握り三国を統一するのは誰なのか⁉　ファン必読の三国志完結編！

［文芸社文庫　既刊本］

トンデモ日本史の真相　史跡お宝編
原田　実
日本史上の奇説・珍説・異端とされる説を徹底検証！　文庫化にあたり、お江をめぐる奇説を含む2項目を追加。墨俣一夜城／ペトログラフ、他

トンデモ日本史の真相　人物伝承編
原田　実
日本史上でまことしやかに語られてきた奇説・珍説・伝承等を徹底検証！　文庫化にあたり、「福澤諭吉は侵略主義者だった？」を追加（解説・芦辺拓）。

戦国の世を生きた七人の女
由良弥生
「お家」のために犠牲となり、人質や政治上の駆け引きの道具にされた乱世の妻妾。悲しみに耐え、懸命に生き抜いた「江姫」らの姿を描く。

江戸暗殺史
森川哲郎
徳川家康の毒殺多用説から、坂本竜馬暗殺事件の謎まで、権力争いによる謀略、暗殺事件の数々。闇へと葬り去られた歴史の真相に迫る。

幕府検死官　玄庵　血闘
加野厚志
慈姑頭に仕込杖、無外流抜刀術の遣い手は、人を救う蘭医にして人斬り。南町奉行所付の「検死官」が、連続女殺しの下手人を追い、お江戸を走る！

[文芸社文庫　既刊本]

蒼龍の星㊤　若き清盛
篠　綾子

三代と名づけられた平忠盛の子、後の清盛の出生の秘密と親子三代にわたる愛憎劇。やがて「北天の王」となる清盛の波瀾の十代を描く本格歴史浪漫。

蒼龍の星㊥　清盛の野望
篠　綾子

権謀術数渦巻く貴族社会で、平清盛は権力者への道を。鳥羽院をついで即位した後白河は崇徳上皇と対立。清盛は後白河側につき武士の第一人者に。

蒼龍の星㊦　覇王清盛
篠　綾子

平氏新王朝樹立を夢見た清盛だったが後白河との仲が決裂、東国では源頼朝が挙兵する。まったく新しい清盛像を描いた「蒼龍の星」三部作、完結。

全力で、1ミリ進もう。
中谷彰宏

「勇気がわいてくる70のコトバ」――過去から積み上げた「今」を生きるより、未来から逆算した「今」を生きよう。みるみる活力がでる中谷式発想術。

贅沢なキスをしよう。
中谷彰宏

「快感で生まれ変われる」具体例。節約型のエッチではなく、幸福な人と、エッチしよう。心を開くだけで、感じるような、ヒントが満載の必携書。